사우스포인트의 연인

요시모토 바나나

사우스 포인트의 연인
サウスポイント

김난주 옮김

민음사

SOUTH POINT
by Banana YOSHIMOTO

Copyright © 2008 by Banana Yoshimoto
All rights reserved.
Japanese original edition published by Chuokoron-Shinsa, Inc., Japan.

Photography © 2013 by Chiho Ushio

Korean Translation Copyright © 2013 by Minumsa

Korean translation rights arranged with
Banana Yoshimoto through ZIPANGO, S.L.

이 책의 한국어 판 저작권은 ZIPANGO, S.L.을 통해
Banana Yoshimoto와 독점 계약한 (주)민음사에 있습니다.

저작권법에 의해 한국 내에서 보호를 받는 저작물이므로
무단 전재와 무단 복제를 금합니다.

차례

사우스포인트의 연인 7

작가의 말 221
옮긴이의 말 225

어렸을 때, 딱 한 번 야반도주를 한 적이 있다.

엄마가 두들겨 깨우더니, 이 가방에 들어가는 것만 챙겨 갈 거야, 하고 말했다. 나는 어둠 속에서 영문도 모르는 채, 잠이 덜 깬 멍한데도 내 서랍장을 열어 중요한 것들을 후다닥 가방에 쑤셔 넣었다. 안녕 그날, 신사 축제일에 아빠가 사 준 강아지 인형. 안녕 할머니가 준 예쁜 비누.

비싼 것부터 챙기려는 나를 보고서 엄마는 고개를 저었다.

"아니지, 테트라. 네가 가장 소중히 여기는 것부터 챙기는 거야."

여유가 없는 그런 상황에서, 내게 그걸 가르쳐 준 엄마는 대단했다고 생각한다.

덕분에 지금도 그 가르침을 똑똑히 기억하고 있다.

아빠는 돈을 마련하느라 홋카이도에 있는 친척 집에 머물고 있었기 때문에 외삼촌이 경트럭을 몰고 데리러 와 주었다. 한밤중에 종이 상자 몇 개를 서둘러 싣고서, 외삼촌 친구가 살았던 군마의 빈집으로 출발했다.

"이제는 버릴 거 없겠지."

엄마가 중얼거렸다.

대화 중에, 이미 몇 번이나 들었던 압류라는 말이 또 등장했다. "여러 군데에 빚도 많이 졌고 세금도 더는 낼 수가 없으니 일단은 도망가는 거야. 아빠에게서도 떠나고 자동차도 압류당하겠지, 하지만 목숨은 여기 있어." 엄마는 그렇게 말했다.

나는 별을 올려다보며, 괜스레 설렜다. 창문을 열어 놓고 밤바람을 맞으며 하늘을 보았다.

하지만 늘 오가던 통학 길, 그 아래 앉아 책을 읽곤 하던 교정의 은행나무, 놀러 갔다가 바라보았던 연못을 생각하자, 그리고 친구와 헤어져야 한다고 생각하자 마음이 무겁게 가라앉았다.

또 좀 더 어렸을 때, 뒷좌석의 아동용 시트에 여유롭게 앉아 타고 다녔던 아빠의 그 커다란 벤츠를 생각해도 서글펐다. 이제 우리 차가 아닌 거네, 하고서.

그런데도 이 자유로운 느낌은 뭐지? 나는 생각했다. 아빠의 일 관계로 점차 사방이 닫혀 가는 듯했던 그 무렵의 갑갑한 나날로부터 우리는 아무튼 탈출한 것이었다.

"이 동네에서 더 해야 할 건 없니, 테트라?"

엄마가 물었다.

내 머릿속에서 애절하게 맴돌던 갈등이 그 말에 순간적으로 활로를 찾았다. 상황이 너무 급박해 도무지 말을 꺼낼 수 없었다.

"실은 있어, 엄마. 다마히코에게 편지를 전하고 싶어."

나는 말했다.

"주소는 쓰면 안 돼. 피해가 갈지도 모르니까."

엄마가 말했다.

"응, 걱정 마. 살 곳이 정해지면 연락하겠다고 쓸 거니까. 친구야. 아무 말 없이 그냥 가 버릴 수는 없어."

나는 말했다.

"알겠어. 그럼 편지 써. 간단히."

엄마는 미소 지었다.

엄마가 외삼촌에게 다마히코네 주소를 일러 주었다. 외삼촌은 골목으로 들어가 유턴을 했다.

기다려 준 엄마에게는 지금도 감사한다.

외삼촌의 차는 다마히코가 사는 집 앞에서 소리 없이

멈췄다.

그 애의 방 창문과 그 위 옥상의 난간과 별이 돋은 하늘을 한꺼번에 올려다보며 나는 생각했다.

불이 꺼져 있네. 자고 있나 봐, 다마히코. 다시 만날 수 있을 거야. 매일 만날 수 없어서 슬프지만 꼭 다시 만날 거야. 즐거웠어. 이 동네에서 추억할 것은 너밖에 없어. 언제나 고마웠어.

나는 마치 비행기가 추락하기 직전에 급히 유서를 쓰는 사람처럼 수첩을 북 뜯어 휘리릭 편지를 쓰고는 그 집 우편함에 넣었다.

애처로운 마음의 편린.

그 후 한동안, 그 수첩의 뜯겨 나간 자리만 봐도 찡하게 슬픔이 밀려왔다. 슬픔은 마음을 두 갈래로 좍 가르는 칼날처럼 날카로웠다. 그 무엇보다 소중한 것과 갑작스레 헤어진 아픔이었다.

왜 그날의 별 돋은 하늘이 떠올랐을까, 이미 어른이 된 나는 어느 날 아침 눈을 떴을 때 그렇게 생각했다.

눈 뜨기 직전 한순간, 야반도주를 하던 그날의 기분이 불쑥 생생하게 되살아난 것이다.

엄마가 차 안에서 그다음에 했던 말도 떠올랐다.

"구름이 껴서 아쉽네, 페르세우스 자리 유성군이 안 보여."

"이런 때 그런 말이 나와?" 외삼촌은 엄마에게 화를 냈지만, 나는 어린 마음에도 엄마는 그런 점이 좋은 거지, 하고 생각했다.

엄마는 그때부터 죽 군마에 살고 있다. 다니가와 산의 산기슭, 미나카미보다 다니가와 산에 가까운 고즈넉한 장소에 살면서 도로변에서 자연 식품 가게와 카페를 운영하고 있다.

인간은 언젠가는 반드시 두 발을 딛고 살 정착지를 찾는 법인가 보다. 주변 사람들은 모두 엄마가 평생 떠돌 것이라고 생각했지만, 그곳에는 푸근하게 녹아들었다.

자연이 풍요로운 시골에서 그런 장사가 잘 될 리 없었으니, 다 쓰러져 가는 낡은 집을 우리 손으로 손질해 가게를 시작했을 당시에는 지역 사람들에게 바보 취급을 당했다. 하지만 시대는 엄마 편이었다.

컴퓨터와 인터넷이 보급되고 슬로 라이프가 유행하면서 엄마가 끓이는 유기농 커피와 수제 케이크의 맛을 찾아 멀리서 일부러 찾아오는 손님이 많아졌고, 따뜻한 계절이면 래프팅을 즐기려는 단체 손님들이 점심을 먹으러 들르면서 점차 입소문을 타고 인기가 높아졌다. 지금 엄마의 가게는 대부분의 여행 가이드북에 실려 있다.

엄마의 옛날 친구도 한동네로 이사 와 인도 카레 가게를 열었는데, 그곳도 손님들이 줄을 잇게 되었다. 그러자 주변에도 활기가 생겨났고 지역 사람들도 태도를 싹 바꿔 성원을 보내 주었다.

엄마에게는 다소 장사 수완도 있었다. 유기농 재료만 사용하는 미국의 화장품 브랜드와 인터넷을 통해 직접 교섭하더니, 값이 그렇게 비싸지 않으면서 일본에는 잘 수입되지 않는 브랜드의 샘플을 몸소 사용해 보고 음미한 후에 입하해서는 가게와 인터넷상에서 판매했다. 한편 외삼촌의 지인인 히피 같은 사람들이 밭에서 키운 신선한 채소와 된장을 사들여 되파는가 하면, 양초를 만들거나 채소를 사용한 케이크 만드는 교실을 운영하고, 게다가 남자들에게도 인기가 많아 인생이 제법 순조로웠다.

군마는 다양한 술집과 파칭코와 할인점이 많은 데다 슈퍼마켓도 거대해서 주민들 모두가 싸고 맛있는 것만 먹고 산다……. 물론 그런 지역이기는 하다. 하지만 요가나 기공, 자연과 함께하는 삶을 좋아하는 까닭에 도시의 번잡스러움에서 조금 벗어나 여기 산다는 사람들도 확실히 있는 곳이라, 엄마는 그런 사람들 속에서 자신의 자리를 찾아 삶을 일궈 나가는 듯했다.

엄마는 야반도주 사건을 전후해서, 뒷수습을 하는 방식하며 사업 실패에 대해 변명하는 말투와 태도가 정말로 마음에 들지 않는다며 아빠와 곧장 헤어졌다.

그런 때 엄마가 얼마나 잔인해지는지 나는 잘 알고 있다. 엄마는 아주 젊었을 때 아빠가 아닌 남자(역시 부자였다.)를 따라 집을 떠난 후, 웨이트리스도 하고 물장사도 하면서 자기 몸 하나로 돈을 끌어모으고 인생을 헤쳐 온 사람이었기에, 자신에게나 타인에게나 상당히 엄격했다.

이혼 후에도 나는 아빠를 종종 만나러 갔지만, 아빠는 다른 여자와 진지하게 사귀는 일 없이 단칸방에서 혼자 살다가 마치 천천히 자살하는 사람처럼, 내가 고등학생이 된 지 얼마 안 있어 죽고 말았다.

술에 절어 살다가는 재활을 위해 입원과 퇴원을 되풀이하다, 마지막에는 그야말로 술에 녹아 버린 듯했다. 뇌와 내장이 실제로 녹아 버린 것이다.

갑자기 죽은 것이 아니라서, 나 역시 아빠를 조금씩 포기해 갔다.

저렇게 술을 마셔 대니 오래 살 리가 없을 거야, 어쩔 수 없지. 현실적으로 그렇게 알고 있었다. 천천히 시간을 두고 포기하는 것은, 간혹 모든 것이 옛날로 돌아갈 듯하고 앞으로 만사가 다 좋아질 것처럼 착각하게 하는 희망의 순간이 있는 만큼, 딱 포기해 버리는 것보다 몇 배는 슬픈 일이었다.

기대하면 하는 만큼, 슬픔도 깊어진다.

만날 때마다 하나, 또 하나 품고 있던 희망을 지워 가는 그 느낌은 얼룩처럼 마음에 남아 있었다. 더구나 무의식적으로 전기 스위치를 끄는 것이 아니라, 촛불을 하나 하나 불어 끄는 것처럼, 보다 의식적으로 지워 나가는 느낌이었다.

사람은 변하지 않는다, 결국은 그 사람이 원하는 대로 될 뿐이다, 그 사실을 뼈저리게 깨달았다. '만약 우리를 조금이라도 사랑한다면 당신의 생활을 바꾸도록 해.' 그런 유의 사고가 얼마나 무의미한지도. 욕망과 이성 사이에 술이 개입되면, 인간의 마음은 술을 마시려 하는 습관조차 이기지 못할 수 있다는 단순한 사실도.

지금껏 나는 한 방울이라도 알코올이 들어간 사람의 냄새에 민감하다. 전철 안에서도 그런 사람이 가까이에 있으면 눈앞이 캄캄해지곤 한다. 콧부리가 벌게 가지고 길가에 자고 있는 사람을 보면 그 사람의 가족을 생각하게 되고 숨이 턱 막힌다.

죽을 때까지 길고 힘겨웠던 아빠의 여정이 떠오르기 때문일 것이다.

고등학생 때까지는 군마에서 가게 일을 도우며 한가롭게 지냈는데, 당시 엄마의 애인이 내 몸에 손을 대려 한 바람에 평화로운 시대는 끝났다.

그 사람은 마음씨는 좋았지만 역시 술을 좋아하고, 술이 들어가면 대담해지는 타입이었다. 평소에는 아주 소심한 데다 우리 집에서 쫓겨나면 갈 곳이 마땅히 없는 기둥서방 같은 처지인 터라 '설마 애인의 딸에게 손을 대지는 않겠지.' 하고 대수롭지 않게 여겼다. 그런데 어느 밤, 욕실 문을 잠그지 않은 채로 목욕하다가 술에 취한 그 사람에게 거의 당할 뻔하고 말았다.

엄마를 위해 거기까지는 참았는데, 더는 어쩔 수 없다 판단하고서 창문을 열고 소리를 내질렀다. 옆집 할머니가 달려와 창문을 쾅쾅 두드리면서 "무슨 일이야!" 하니까, 남자는 쏜살같이 도망쳐 아무 일도 없었다는 듯이 2층 자기 방으로 돌아갔다.

나는 몸을 부들부들 떨면서 타월을 휘감고 "괜찮아요, 범인은 도망쳤어요." 하고 큰 소리로 말하지 않을 수 없었다.

그런 일이 있었다고 엄마에게 말했더니, 엄마가 하는 소리는 이랬다.

"요즘 우리 테트라가 탱글탱글한 게 얼마나 섹시한지, 엄마도 뭉클할 때가 있더라. 말해 둘 테니까, 좀 봐줘."

사태를 전혀 파악하지 못하는 그 태평함에 깜짝 놀랐다. 이런 엄마와 사는 것이 얼마나 멋진지, 그리고 또 고통스러운지 양쪽을 상징하는 말이다 싶은 생각에 많은 것들을 깨끗이 포기했다. 나는 아직 어린애니까 엄마가 지켜 줄 것이란 환상과도 단호하게 결별했다. 아무리 취했어도 치한은 아니었던 아빠를 버린 엄마를, 여자로서 바보라고 처음 생각했다.

그리고 내 방에 내 손으로 자물쇠를 달았다.

그런 일이 있었는데도 엄마가 볼 것이라고는 얼굴과 몸뿐인 그 남자와 헤어지지 않은 탓에, '혹시 지난번 그 소동, 그 집에 붙어사는 엄마 애인이 딸을 덮치려고 했던 거 아닐까.' 하는 식으로 동네에 소문이 퍼져, 예민한 사춘기를 보내고 있던 나로서는 그 집에 살기가 점점 더 괴로워 견딜 수가 없었다.

할인 마트에서 든든한 자물쇠를 몇 개나 사면서 설치하는 방법을 물을 때에도, 내 손으로 못질을 해 가며 문에 달 때에도, 최대한 감정을 죽이고 담담하게 했다. 깊이 생각하면 눈물이 멈추지 않고 어린애로 돌아갈 것만 같았다. 하지만 그때의 내게는 어린애로 돌아갈 여유가 없었다. 내가 아니면 나를 지킬 수 없었다.

그가 실제로 내 몸에 손을 대려던 순간보다 그전에 내

몸을 힐금힐금 쳐다보던 시간 쪽이 훨씬 불쾌했다는 것을 겨우 깨달았고, 현실적으로 대처하면서 더욱 분명해졌기에 내 마음을 다잡을 수 있었는지도 모르겠다.

목욕은 반드시 엄마가 있을 때 하고, 엄마가 없는 밤에는 카레 가게를 하는 엄마 친구 집에서 자도록 하는 등, 그 남자와는 거의 얼굴을 마주하지 않는 일상이 시작되었다. 스트레스가 컸지만, 그 대신 하루라도 빨리 집을 나가야겠다는 결심은 단단해졌다.

그런 현실에 떠밀려, 그 무렵까지 그나마 소통이 있었던 다마히코와 한층 멀어졌다.

그가 하와이로 이주하는 바람에 사이가 몹시 소원해진 데다, 더없이 절박했던 나는 '이렇게 힘든 때 옆에 없는 사람은 이제 필요 없다.'라고 진심으로 생각했다. 늘 빛 속에 있을 그가 얄밉기까지 했다. 편지가 와도 답장을 보내지 않고, 하와이 섬으로 놀러 갈 거라는 계획도 휴지 조각으로 만들고, 내 쪽에서 소식을 끊고 말았다.

다마히코를 마음속에 소중하게 품고서는 도저히 이겨 낼 수 없을 만큼 힘겨운 시기였다.

소문이 퍼질 대로 다 퍼진 무렵에야 둔한 엄마도 간신히 사태의 심각함을 파악했다. 엄마에게 주먹으로 한 대 얻어맞은 그는 점차 어색해했고, 결국 집에서 쫓겨났다. 나는 죽어라 공부해 장학금을 따서는 도쿄에 있는 미술 대학으로 진학했다.

꼬인 일이 해결될 때에는 대개 그렇다. 단숨에 풀린다.

미대에 들어간 나는 이제 돌아오지 않을 것인 데다 연락도 뜸한 다마히코를 깨끗이 잊고 인생을 즐기기 시작했다.

마치 쌓인 울분을 터뜨리듯 연애를 하고 동거도 하고, 디자인 공부도 본격적으로 했다. 그 치열한 시간 속에서, 무슨 볼일이 있어 가끔 전에 살았던 우에노 근처를 지나게 되면 이루지 못한 어린 날 연애의 추억과 죽어 가던 아빠의 모습이 불현듯 되살아나 고통스러웠다. 눈을 꼭 감고 귀를 막고서 그 시간을 보냈다.

연못도 보고 싶지 않아. 연꽃도 보기 싫고. 완벽하게 즐거웠던 시절의 나를 더는 돌아보고 싶지 않아. 그 시간으로부터 나 자신을 일부러 멀리 떨어뜨려 놓았으니까. 그렇게 생각했다.

요즘 들어서야, 미소와 함께 떠올릴 수 있게 되었다.

나는 대학에 다닐 때부터 지유가오카에 있는 월세 9만 엔짜리 조그만 아파트에 혼자 살고 있다. 졸업한 후에도 엄마에게 생활비를 얻어 쓰지 않고, 주문 제작만 하는 퀼트 아티스트로 그럭저럭 살아가고 있다.

"얘는 그렇게 불안정한 일을!"

엄마는 그렇게 말했지만, 엄마 같은 사람에게 그런 말은 듣고 싶지 않았다.

언젠가 고등학교 동창생의 엄마가 어쩌다 우리 엄마 가게에서 실시한 워크숍을 계기로 나는 퀼트를 시작했다. 그녀는 상을 몇 번이나 받은 유명한 사람이고, 전문 분야는 아미시 퀼트였다.

그 기술을 발전시켜 다양한 퀼트를 공부한 나의 작품은 다소 주술적이다. 작품을 의뢰한 사람의 이야기를 듣고서 그 사람에게 맞는 색과 무늬와 상징을 모티프로 제작한다.

'할아버지와 할머니의 인생담을 들은 후에 그 내용을 퀼트로 만들어 주십시오, 선물할 겁니다.'라는 의뢰가 가장 많지만, 부모님의 결혼 기념일에 두 분이 살아온 세월을 퀼트로 만들어 선물하고 싶다, 손자에게 지금까지의 일을 퀼트에 담아 주고 싶다, 그런 일거리도 많이 들어왔다. 둘도 없는 예술 작품이면서 그러자고 마음먹으면 베개 커버 등으로 실생활에 사용할 수 있는 데다 비교적 싸다는 점도 유리한 듯하다.

어렸을 때부터 손으로 뭔가 만드는 것을 좋아했다. 긴 방학 때면 동창생의 엄마에게 배우러 가기도 했지만, 퀼트를 전문적으로 배운 적은 없다. 미대에서는 디자인을 전공

했기 때문에(대학에서 열심히 한 공부가 나중에 큰 도움이 되었다.) 퀼트는 순전히 독학으로 터득했고, 퀼트를 제작한다고 해서 다른 사람의 인생을 마음에 깊이 새기지도 않았다.

다만 그 사람만의 퀼트가 있으면 좋겠다는 생각에 친구에게 선물하기도 하면서 담담하게 만들어 왔더니 사람들 눈에 띄게 된 것이다.

친구나 아는 사람에게 선물하는 정도까지는 괜찮은데, 전혀 모르는 사람의 의뢰로 제작하다 보면 그 과정에서 보고 싶지 않은 갖가지를 본의 아니게 보게 되는 경우도 있다. 훑어보라고 슬픈 사진이나 일기를 잔뜩 싸 들고 오는가 하면, 타인의 인생을 엿보는 것만 같아 불쾌함을 느끼기도 하고, 인생의 쓴맛에 맥이 쭉 빠지는 일도 있다. 본인이 생각하는 본인과 주위의 평판이 전혀 다른 경우도 있고.

점쟁이도 치료사도 아닌데, 참 묘한 일을 하게 되었다고 생각한다.

초기에는 감정을 제대로 통제할 수 없어서 표정 없는 얼굴과 침묵으로 일관하기도 했다. 얘기를 끝없이 풀어놓는 사람도 있거니와, 특별한 것이 너무 없어 색감과 모티프의 힌트조차 떠오르지 않는 의뢰인도 있었다. 그런 때 최대한 난감한 표정이나 반가운 표정을 짓지 않도록 유념하다 보니 피곤해진 적도 있었다. 마치 카운슬링이라도 하는 것처럼 지친다고 생각했다.

비슷한 생각을 했던 사람이 있는 듯하다. 심리학의 권위자인 존 에릭슨은 보다 심리학적인 견지에서 온갖 색깔 실로 추상적인 무늬의 천을 짜서 그 사람의 인생을 재발견하는 작업을 했다고 한다.

내 작품은 도안과 무늬가 분명한 만큼 부담은 덜하지만, 만들고 나면 남는 것이고 타인의 인생을 하나로 모은다는 의미의 엄숙함은 있었다. 어떤 인생도 평범하지 않으며, 이렇게 기념이 될 만한 것을 원하는 마음의 근저에는 당연한 일인 듯 깊은 애정과 인연이 있다는 것에 놀라지 않을 수 없었다.

작품을 집에 걸었더니 결혼 생활이 순조로워졌다느니, 연애가 잘 풀렸다느니, 아기가 무사히 잘 자랐다느니, 마치 부적처럼 다뤄진 적도 있었다.

기념물로 퀼트를 제작한다는 것은 내가 그 사람에 대해 책 한 권을 쓰는 것이나 다름없는 일이니, 퀼트를 보면 모두가 품고 있는 '내게 관심을 가져 줬으면.' 하는 기분이 문득 해소되어 그런 마법이 생기기도 하는 거겠지, 하는 정도로 나는 생각했다.

화재로 불에 탔는데 남은 곳을 고쳐 달라는 수리 의뢰

가 들어왔을 때에는 퀼트고 뭐고 그 가족의 무사함이 고마워 나도 모르게 무뚝뚝한 가면을 벗고 운 적도 있었다.

그리고 내 작품을 정리한 책이 아주 적은 부수나마 출판되었다.

그랬더니 출판 부수가 정말 적었는데도 앞으로 5년 치 정도의 일거리가 밀려 들어왔다. 이런 일은 언젠가는 시들해질 테지만 아무튼 앞일은 생각지 말고 5년 동안은 해보기로 했다.

지금 나는 퀼트를 중심으로 안정된 생활을 하고 있다.

간혹 틈이 나면 흔치 않은 천을 구하기 위해 혼자서 일본의 시골이나 인도, 태국, 발리를 여행한다. 그 외에는 집에서 아침부터 저녁때까지 작업하는 날이 많다.

또 가끔은 혼자서, 친구에게 물려받은 고물 경차를 몰고서 엄마 집에 간다. 서너 시간이 걸리는 집으로의 여행이다.

지금 엄마는 세 번째 애인과 살고 있다. 가게에서 기르는 강아지보다 애인의 세대교체가 훨씬 빠른 것 같다.

그는 엄마보다 열 살이나 나이가 아래인 미국인이다. 외모만 보아도 건전하고 야외 활동을 좋아할 듯한 아저씨로, 원래는 브라질 사람인 애인과 오타 부근에서 살았는데, 가게에 들렀다가 엄마를 보고는 한눈에 반해 사귀기 시작했다.

히피 같은 분위기인 것은 별반 다르지 않고, 옛날에 결혼해 캘리포니아에 아내와 세 아이를 두고 왔다는데 아무튼 엄마를 좋아하고, 부지런해서 일도 잘 거들고, 집 여기저기를 수리하는 것도 무척 좋아하고, 조금도 불쾌하지 않게 나를 대했다. 그가 등장한 후로 우리 집이 좀 더 안정되어 집다워진 덕분에 나도 가기가 수월해졌다. 그와는 그런대로 좋은 관계를 유지하고 있다.

그런 일들에 익숙해지면서 어른이 된 지금도 나는 「다르마 앤드 그레그」라는 드라마를 보면 무서워서 맥박이 빨라진다. 히피 가정의 딸인 다르마가 엄마를 너무 닮아서다. 내게는 그레그가 없었고, 그렇게 멋진 할아버지 할머니도 없었다. 그러니 상황은 이렇게 비슷한데 내 일은 내가 생각할 수밖에 없었던, 그 느낌이 생생하게 떠오르는 것이다.

집을 떠나고 한동안은 엄마를 원망하기도 했지만, 어른이 되면서 다시 엄마를 좋아하게 되었다. 절대 믿지는 않지만, 그래도 좋아한다고 생각한다.

야반도주를 하던 그날, 차창을 활짝 열고 머리칼을 휘날리면서 흥분해 깔깔거렸던 엄마는 아름다웠다. 그 아름다움은 살면서 본 아름다움 중에서도 몇 손가락 안에 드는 것이었다.

아름다운 것들만 모아, 잔뜩 모아 주머니에 담고서, 넘쳐흐를 만큼 탐욕스럽게 쑤셔 담고서 죽고 싶다고 나는 생각했다. 그것만이 이 자유롭지 못한 인류에게 허용된 존엄이라고 생각했다. 그래서 야반도주 사건은 신기하게도 슬픈 기억에 속하지 않았다. 불행으로 기울어 가는 결혼 생활에서 해방되어 반짝반짝 빛나는 엄마를 볼 수 있었기 때문이다.

다만 친구이며 형제이자 또 연인으로 발전 중이던 다마히코와 갑자기 헤어진 것은 견디기 힘든 기억이었다.

그의 등장으로 내 어린 시절이 겨우 차분하고 즐거워지려 했는데, 한꺼번에 잃은 것이 내게는 큰 교훈이 되었다.

이 몸 하나가 있고, 이 눈에 비치는 경치가 있고, 만약 건강하고 마음이 밝다면 나는 어떤 곳에서든 살아갈 수 있고, 그곳에서도 즐거운 일은 있겠지, 하지만…… 나는 그때 굳게 다짐했다.

이런 일은 이제 더는 싫어, 산 나무를 가르듯 내 의지와는 무관하게 무엇과 갈라지기 싫어, 있었을지도 모를 미래를 상상하는 것도 싫고. 투덜거리거나 어리광을 피우는 것조차 허망했다. 하루 빨리 자립해서, 누군가의 사정 때문에 사는 곳을 옮겨야 하는 일이 더는 없도록 하자……

다마히코와의 헤어짐 때문에, 그런 마음을 내 가슴속 깊이 새긴 채 나는 어른이 되었던 것 같다.

왜 갑자기 옛날 일이 이렇게 많이 떠오르는 걸까, 하고 나는 생각했다.

눈에 눈물이 번져 있었다. 숭숭 짧게 자른 머리는 땀에 푹 젖어 있었다. 여름이 올 것 같으니까 떠오른 걸까.

맨발로 바닥을 딛자 싸늘한 게 기분이 상쾌했다.

아침 햇살이 열기와 함께 창문을 비집고 들어오려 했다. 창문 언저리에서 공기가 뒤섞이는 것이 보이는 듯했다.

나는 멍한 채로 부엌에 가서, 커피를 마시려고 물을 끓였다. 그리고 냉장고를 열었는데, 거의 아무것도 없다는 걸 알았다.

우유도 과일도 주스도 빵도, 아무것도 없다. 곤약과 파와 된장밖에 없다. 그래, 어제 밤늦게 군마에서 돌아왔지, 하고 현실적인 일들이 한꺼번에 떠올랐다.

그랬구나, 어제 군마에 다녀오는 바람에 꿈도 꾸고 옛날 생각도 그렇게 난 거였구나. 그렇게 납득하고서 장을 보러 가기로 했다.

햇빛이 이글거리는 밖은 덥고, 집 앞의 커다란 삼나무

에서는 좋은 냄새가 났다. 아침에만 맡을 수 있는 나무 향이다.

나는 지갑만 들고 샌들을 신고서 집에서 5분 거리에 있는 고급 슈퍼마켓으로 성큼성큼 걸었다.

고급 슈퍼마켓은 물건 값이 비싸서 싫다는 사람이 있는데, 나는 무척 좋아한다.

어차피 그렇게 많이 살 것도 아니니까 바라만 봐도 행복한 이쪽이 좋다.

조금 멀리에 좀 더 싼 슈퍼마켓이 있지만, 그곳에서 물건이 24시간 팔려 나가는 것을 보면 서글퍼진다. 시골의 대형 슈퍼마켓이라면 그 지역에서 생산한 신선 식품을 팔 테지만, 도쿄에서는 채소마저도 축 늘어져 있는 경우가 많다. 카레 하나를 고르려 해도 그 복잡한 상표에 휘둘리고 만다. 그러느니 채소와 고기를 카레에 스파이스를 약간 뿌려 볶는 것만으로도 족하다.

이런 걸 사치스럽다고 한다면, 사치스러워도 좋다, 조금만 먹어도 좋다.

나의 사고는 그런 식이고, 세상과 동떨어진 생활을 하고 있는 점은 집에 있을 때나 지금이나 별다르지 않다. 히피 출신인 엄마가 먹는 것에는 까다로웠기 때문에 입이 고급스러워졌는지도 모르고, 아빠가 사치를 부리다 못해 그

꼴이 되었으니 먹거리에 돈을 쓰는 것이 겁나는지도 모르겠다. 아빠의 몸무게가 가장 많이 나갔을 때와 죽기 전 가장 적게 나갔을 때의 차이가 지닌 돈의 차이와 비례했다는 것도 마음에 남아 있는지 모른다.

마지막으로 병원에 면회를 갔을 때, 점심으로 찐빵을 사 가 아빠 머리맡에서 먹었다. 그런 일로 신경을 쓰지 않아도 될 만큼 사이좋은 부녀 간이어서 다행이었다고 생각한다. 나는 아빠를 좋아하는 아이였고, 언제나 아빠와 사이가 좋았다.

야위어 홀쭉하고 피부는 누레진 아빠가 말했다.

"부럽구나. 아빠는 이제 먹고 싶은 생각도 마시고 싶은 생각도 없는데."

"평생 마실 걸 다 마셨으니까 그런 거잖아."

나는 말했다.

"그래도 네가 먹는 걸 보니까 행복하다. 어렸을 때, 생선 초밥을 먹으러 자주 갔지."

아빠가 말했다. 환자복 앞자락이 들려 애처로운 늑골이 보였다.

"그랬지."

"그런 일이 앞으로는 영영 없겠지."

아빠는 말했다.

아빠는 알코올 중독으로 재활 시설에 들어가 술독을 빼고 나와서는 또다시 마셔 댔다. 그때는 간암으로 입원 중이었고, 차오른 복수를 빼내면서 간신히 목숨을 이어 가는 상태였다. 병원은 호스피스 병동 같은 곳이라서 아빠는 모르핀 탓에 늘 의식이 몽롱했다. 치료비는 엄마가 아니라 아빠 형제가 부담하고 있었다.

나는 아빠와 함께 호화스러운 음식을 먹었던 역사를 돌이켜 보았다. 아빠는 뭘 먹을 때나 맛을 모를 정도로 술을 들이켰다. 스테이크든, 이탈리아 요리든, 생선 초밥이든. 어스레한 조명 속에 앉아 있으면 예쁜 접시에 담긴 음식이 차례대로 나왔다. 가게 사람들은 마치 VIP라도 되는 것처럼 우리를 대했고, 아빠는 카드를 내밀고 전표에 스스슥 사인을 했다. 그 돈이 회사 경비로 나가던 시절 얘기다. 어린애가 가기에는 걸맞지 않는 가게에, 엄마 없이 단둘이 갔던 수많은 기억. 그 무렵까지는 술을 그렇게 마시고도 아빠는 마지막까지 멀쩡했다. 그런 아빠와 택시를 타고 집에 돌아왔고, 고속도로에서 빠져나오면 우에노의 아름다운 밤빛을 바라보곤 했다.

나는 내가 먹고 있는 찐빵이 엄청나게 많은 양인 것처럼 여겨졌다. 도저히 다 먹을 수 없을 만큼의 무거움을 느꼈다. 먹고 있는 나를 망연히 쳐다보는 아빠의 누런색 눈이 너무 구슬프고, 빵이나 그런 것보다, 한창 먹고 자랄 나이인 나를 얼마나 사랑스러워하는지 알 수 있어서였다.

마지막 한 조각을 꿀꺽 삼키고 나는 주스를 마셨다.

시간은 돌아오지 않는다, 그런 맛이 났다.

그래서 나는 그렇게 많이는 먹지 않고, 줄곧 마른 몸인지도 모르겠다.

「트라우마」라는 영화에, 거식증에 걸린 여자 주인공이 풍만하고 여성스러운 자기 젖가슴이 무서워 가슴에 천을 칭칭 감고 생활하는 장면이 있다. 나는 그 심정을 뼈아프도록 이해한다. 아빠가 죽어 가던 때, 그리고 내가 집에서 긴장을 늦추지 못하던 마침 그때, 내 몸은 여자로 막 변모하고 있었다.

사과 한 알, 우유 한 팩, 머핀 두 개, 남은 유통 기한이 얼마 없어 가격이 할인된 치즈 하나를 바구니에 담고서 계산대로 가는 도중, 나는 내가 왜인지 울고 있다는 것을 알았다. 눈물이 방울방울, 두 눈에서 넘쳐흐르고 있었다.

어? 내가 왜 우는 거지. 다들 나를 쳐다보는데, 부끄럽게. 왜 이러는 거지?

눈을 감고 손수건으로 눈물을 닦는데, 나직한 음악 소리가 들려왔다.

슈퍼마켓에서 흔히 들을 수 있는, 부드러운 하와이 계

통의 음악이었다.

우쿨렐레 소리도 감미롭고 아주 좋았다. 좋은 음악이네, 하고 생각하면서 눈물을 삼키려 했다. 아빠 생각에 슬픈 것이 아니라, 이 우쿨렐레의 음색이 슬픈 건데, 왜지. 아, 하와이로 떠나 버린 다마히코가 떠올라서? 그럴 리가 없는데…….

게다가, 좀 이상하네. 여기 이런 음악을 틀어 주는 곳이 있었나? 피아노 곡을 주로 들었던 것 같은데……. 그렇게 생각하고 있는데 출구 언저리에 노니 주스와 로코모코와 퀼트 등등을 파는 새로운 코너가 눈에 들어왔다.

저기서 들려오는 건가, 하고 생각했다.

그래도 눈물이 날 만한 곡인가, 애잔하지만 밝은 곡인데, 이상하네. 그러면서 출구로 가자니 점차 멜로디가 선명해지고, 영어 가사가 유난히 머리에 쏙쏙 들어왔다.

미안해, 갑자기 떠나게 되었어.
집안 사정을 거스를 수 있을 만큼 어른이 아닌 내 나이가 처량하네.
어디선가 꼭 전화할게.
앞으로도 너의 인생 가득가득 좋은 일이 있기를.
이제는 낮잠 잘 때 너의 손을 잡아 줄 수 없고, 아이스커피에 우유와 꿀을 듬뿍 넣어 휘휘 저어 마실 수도 없겠지.
  넌 나의 무엇이었을까?
  앞으로도 너의 인생 가득가득 좋은 일이 있기를. 밤하늘에 총총한 별처럼, 아침 햇살처럼, 예쁜 폭포수처럼 풍요롭게 쏟아지기를.
  너와 너의 엄마에게도, 그리고 멀리 있는 너의 아빠에게도 이 소원이 전해지기를.

어린애 낙서처럼 어설픈 가사네. 처음에는 그렇게 생각했는데, 점점 기분이 이상해졌다. 이 가사, 아는 것 같은데…… 하면서 눈앞이 어질어질해졌다.
  그래, 맞아. 어린애 낙서 같은 게 당연하지, 어린애가 썼으니까.
  그렇다, 그 글은 야반도주를 하던 그 밤 어린 내가 썼던 편지 그대로였다. 나는 얼굴이 새빨개지는 것을 느꼈다.
  왜? 이건 내가 쓴 글이고, 다마히코는 편지를 받고 아무에게도 보여 주지 않았을 텐데. 그런데 어떻게 이런 일이?
  우쿨렐레의 선율이 부드러우면서도 애처로워, 다마히코를 생각하며 울었던 그날의 기분이 알알이 되살아났다.
  하와이에 있으니까, 그 편지가 하와이의 어디선가 누구에게 읽혔다는 뜻일까, 그런 건가?

나는 여전히 눈물을 방울방울 흘리면서, 하와이 축제의 담당자인 알로하셔츠를 입은 아저씨에게 다가가 지금 들리는 이 곡이 뭔지 가르쳐 달라고 졸랐다.

아저씨는 당황스러워하면서 CD 케이스를 꺼내 주었다.

요시무라 유키히코. 하와이 거주.

그 재킷에 찍혀 있는 사진이 어느 모로 보나 다마히코가 아니어서, 가슴이 두근거렸던 나는 힘이 쭉 빠지도록 실망했다.

조금 닮은 것 같기는 한데, 하지만 이렇게 건장하지 않았고, 이렇게 눈도 크지 않았고, 눈이 엄청나게 좋아서 안경도 쓰지 않았고, 아무리 햇볕에 타도 이렇게 까매지지 않을 정도로 피부가 하얬다. 입술 모양도 전혀 다른 사람이었다. 아무리 그래도 이 사람이 다마히코이고 내 편지로 노래를 지어 부르는 그렇게 낭만적인 일이 있을 리 없지, 하고 나는 안타까워했다.

그렇다면 이 사람은 왜 내가 쓴 편지를 멋대로 노래하는 거지?

가사가 실린 속지에 작사자는 '옛 친구'라고 기재되어 있었다. 이건 아무리 생각해도 나를 말하는 건데. 하지만 이 사람과 친구였던 기억은 없다. 그리고 다마히코의 성은 요시무라였다. 정말 어떻게 된 일이지. 형제인가.

뭐가 뭔지 모르는 채 케이스를 물끄러미 쳐다보며 울고 있었더니, 아저씨가 위로의 말을 건네며 CD를 내밀었다.

"이건 내 아들 거니까, 드리죠. 기운 내세요."

그러고는 CD 더미에서 얼른 다른 것을 꺼내 틀었다. 새로운 하와이 음악이 흘러나온 덕분에 내 마음이 조금은 진정되었다.

"감사합니다."라고 말한 뒤 계산대로 가서 계산을 치르고, 멍한 채로 나는 슈퍼마켓에서 나왔다.

그리고 집에 돌아와 몇 번이나 그 곡을 들었다.

내가 쓴 편지라고 해서 어떻게 해 볼 길은 없었다.

내가 작사를 한 셈이니 인세를 달라고 고소를 하면, 다시 한 번 다마히코를 만날 수 있을까. 그런 생각을 해도 허망할 뿐이었다.

가장 마음에 걸리는 것은······.

다마히코의 소심한 성격으로 보아, 자기에게 온 편지를 형제나 친척에게 보여 주거나 곡을 붙이게 했다······고 생각하기도 어렵지만, 거기까지는 가능한 일이라 쳐도 그것을 세상에 공표하는 것은 있을 수 없는 일이다.

아니면 성격이 완전히 변했다?

그렇다면 차라리 다행이다. 그럴 수는 있다.

나를 만나고 싶어서, 찾아내기 위해?

그럴 수도 있다. 하지만 그 성격에 그렇게 우회적인 방법을 썼다는 것도 별 가능성이 없어 보인다.

가장 겁나는 것은 만에 하나 다마히코에게 무슨 일이 생겨, 이미 이 세상에 없을지도 모른다는 가능성이었다. 없으니까, 그래서 요시무라 유키히코란 사람이 그의 유품 중에서 이 편지를 발견하고, 전후 사정을 모르는 채 노래한 것은 아닐까?

그런 상상을 하자 눈물이 넘쳐흐르고, 지금까지 있었던 소중한 것이 사라져 버린 듯한 느낌이 들었다.

나는 인터넷에 들어가 요시무라 유키히코를 검색하고, 그의 공식 사이트로 메일을 보냈다.

우쿨렐레의 명수인 그는 하와이에 살고 있으며, 제이크 시마부쿠로와도 교류가 있고, 현재 가장 주목받는 하와이 음악 싱어송 라이터라고 소개되어 있었다. 최근 일본에서도 CD가 잘 팔리고, 방일해서 라이브 콘서트를 여는 일도 있다고 한다.

'내가 쓴 편지를 어떻게 입수했는지, 어떻게 하면 다마히코를 만날 수 있는지 정말 알고 싶어요. 그가 남긴 추억은 내 인생에서 가장 아름다운 것이었다고 해도 좋을 정도입니다. 아무쪼록 부탁드립니다.' 그렇게.

그런 다음 한 번은 그 일을 잊으려 했지만, 그 감미로운 선율은 내 귓속에서 언제까지나 맴돌았다.

다마히코에 대해서.

집이 우에노 근처였던 어린 시절, 아직은 젊지만 훨씬 더 엉망이었던 엄마와 위세가 당당했던 아빠 밑에서 조금은 별나게 살았던 나를, 사람 속을 들여다볼 줄 아는 어른이나 선생은 끔찍하게 싫어했다.

어른이면서, 마치 자기 존재가 위협이라도 당하고 있다는 양 무턱대고 싫어했다. 그 때문에도 나는 충분히 상처받은 상태였다. 그런 데다 아무리 투명해지고 싶어 해도 어떤 응어리 같은 것이 나 스스로에게 넌더리가 날 만큼 커지기만 할 뿐 사라지지 않았다.

그것이 나의 내면에 악영향을 끼쳐, 나는 어떤 친구와도 표면적으로만 사귀었다.

자리바꿈을 한 어느 날, 어쩌다 내 옆에 앉게 된 다마히코는 피부가 하얗고 몸이 아주 호리호리한 남자 아이였다. 성적은 그만그만하고, 나처럼 가정 환경이 좀 특이해서 친구가 적은 타입에 언제나 탁구를 쳤다. 소탈해 보이는 다마히코에게 그렇게 주목한 여자아이는 나 정도가 아니었을까.

소문으로 듣기에 그의 아버지는 인도인지 네팔에서 무

슨 종교 생활을 하는 사람이라서 현재 같이 살지는 않는 듯했다. 그의 엄마도 이탈리아에서 그림책 작가로 활동하기 때문에 역시 일본에 있는 경우는 거의 없는 데다 함께 사는 사람은 엄마의 애인인 것 같다는, 그렇게 유별난 가정의 아이라는 점 하나만으로 주목을 모았지만 사실 그 애 자체는 전혀 눈에 띄지 않았다.

나는 물론 탁구에는 조금도 관심이 없었다. 수업 중에 틈이 날 때도 운동장에서 축구하는 아이들을 멍하게 바라보았지, 탁구에 관심을 갖는 일은 없었다.

다마히코가 내 옆자리에 앉게 되었을 때, 나는 달리 할 얘기가 없어 물어보았다.

"탁구는 왜 치는데?"

"응, 우리 집 근처에 일본 탁구 주식회사가 있는데, 유명한 선수들이 수시로 지나다니거든. 그리고 내 이름은 구슬 주(珠)가 들어가는 다마히코야. 그런 조건을 갖추고 있는데, 안 칠 수가 없지."

그가 대답했다.

이렇게 멋지게 대답하다니, 어른 같다고 나는 생각했다.

당시 내 주위에는 그렇게 멋진 대답으로 나를 놀라게 하는 사람이 엄마 말고는 없었다. 나는 늘 애써 마음의 수준을 조금 낮춰 어린애인 척하면서 학교에 다녔다. 그래서 그때 다마히코의 모든 것에 놀라고 말았다.

일본 탁구 주식회사는 이케노하타에 있는, 유명한 탁구 관계 회사였다. 라켓과 슈즈를 제작하고, 아마 클럽도 있고 선수도 있을 것이란 정도밖에 몰랐다.

그렇구나, 다마히코네 집이 그 회사 근처에 있구나. 나는 그렇게만 생각했다. 그리고 우리 집에서 그리 멀지 않은 곳이라 가슴이 살짝 설레던 기억도 있다.

"그렇게 대답할 수 있다니."

나도 모르게 그런 말을 하고 말았다.

그 무렵의 내게, 사람의 말에 대해 자기 감상을 있는 그대로 말할 수 있다는 것은 신기한 일이었다.

그 후 우리 둘은 빠르게 친해졌다.

우리는 비슷한 뭔가를 갖고 있었던 것이다.

하지만 그때 우리는 겨우 열두 살이었다.

열두 살에 진짜로 사귀거나 섹스를 하는 아이들도 있기는 하지만, 평범한 초등학생은 그렇지 않다. 사귄다는 말이 겉도는 경우가 거의 대부분이었다.

그런데 처음부터 그보다 훨씬 깊은 사이로 바로 가 버린 경우는 어떻게 하면 좋은지, 어떻게 하면 좋은지 몰라 우리는 행복했다. 그렇게 생각한다.

파란 하늘과 서늘한 바람, 그런 것들 하나하나가 애틋

해지는 사이였다. 보들보들한 비, 물뿌리개로 살살 뿌리는 것처럼 비가 내릴 때면, 그 비구름 너머로 반짝거리는 햇살까지 느끼는 일도 있었다. 나는 그를 통해 사물을 그렇게 보았다.

만사가 대개 그렇지만, 무언가가 시작되는 순간은 딱 하나의 포인트로 집약된다. 스스로에게 거짓말하지 않고 진솔하게 거슬러 올라가면, 반드시 그 한순간에 닿는다.

그렇게 자연스러웠던 우리 사이는 어느 따분한 자습 시간에 내가 문득 '오늘은 그만 집에 가 버릴까.' 하고 생각한 그 순간부터 갑자기 깊어졌다.

나는 그날 어쩌다 생각했다.

가도 되겠지 뭐, 하고. 평소에는 그런 생각이 들지 않았다. 조금만 더 참고 앉아 있으면 집에 갈 시간이 온다, 그런 식이었다.

"집에 갈까 봐. 왠지 몸이 안 좋아."

나는 옆에 앉은 다마히코에게 그렇게 말하고, 학급 위원에게 다가갔다.

"배가 너무 아파서……."

그렇게 전하고는 일단 화장실에 갔다가 또다시 학급 위원에게 말하고 양호실에 가서는, 갖가지 구실을 둘러대 15분

후에는 학교를 나서고 있었다. 몇 번이나 써먹을 수 있는 수법은 아니지만, 오늘은 기분이 그러니까 써먹길 잘했다고 생각했다. 나는 일부러 아주 천천히 걸었다.

자유로운 시간, 여분의 시간을 충분히 만끽하고 싶었다.

집으로 돌아가는 길에 대학 병원에서 사들인 채 아직 아무것도 짓지 않은 공터가 있었다. 그 끄트머리에서 아래 경치를 내려다보고, 바람을 타고 멀리서 들려오는 자동차 소리도 듣고, 하늘 모양이 점차 변해 가는 것을 보고 있었더니 시간이 금방 지나갔다.

나는 언제나 시간이 그렇게 흘러갔으면 좋겠다고 생각했지만, 학교에서는 절대 그렇게 되지 않는다. 나는 홀로 내면을 고요하게 유지하고서, 반짝이는 무언가를 열심히 쫓기를 좋아했다.

그러고 나서 편의점에 들러 우유와 커피, 잡다한 과자를 사고 그걸 간식으로 먹을 기대감에 부풀어 느긋하게 집으로 돌아갔다.

집 밖에 있을 때면 나는 늘 숨죽이고 웅크리곤 했다. 주위의 속도를 따라갈 수 없는데, 어떻게든 맞추려고 애썼던 것이리라. 그 피로감이 쌓여 있었다. 혼자이고 싶었다.

집에 도착했는데, 그 무렵 살았던 집 앞에 다마히코가 서 있어서 깜짝 놀랐다.

사우스포인트의 연인 39

"너, 몸이 안 좋다더니 거짓말이네. 배 아픈 사람은 아이스커피나 우유 같은 거 안 사잖아. 눈치가 좀 이상해서 무슨 일인가 했는데."

다마히코가 말했다.

"그럼 어떡해. 오늘은 그냥 집에 가고 싶었는걸."

나는 말했다.

나는 반의 다른 아이들에게는 무슨 말이든 절대 솔직하게 하지 않는다. 다마히코의 솔직함이 내게 전염되었다고 생각했다. 그리고 혼자이고 싶었을 텐데, 그가 옆에 있다는 것이 조금은 기뻤다. 그에 대해서만은 귀찮음보다 반가움이 앞섰다.

"그게 다였던 거구나."

다마히코가 말했다.

"너, 동아리 활동은?"

내가 물었다.

"땡땡이쳤지."

다마히코가 대답했다.

왜 여기 있는데? 걱정스러워서 온 거야? 그렇게 좋아하는 탁구까지 땡땡이치면서?

나는 그렇게 물을 수 없었다.

다마히코의 호리호리한 몸이 정말로 예쁘게 그 장소에

들어맞았기 때문이다. 우리 집 마당의 화단, 겨울이 되면 거짓말처럼 커다란 분홍색 꽃을 툭툭 터뜨리지만 지금은 그저 짙은 녹색 동백나무가 있는 곳에, 절대로 움직여서는 안 될 것처럼. 그가 입고 있던 초록색 셔츠의 뾰족한 옷깃 모양을 나는 평생 잊고 싶지 않다고 생각했다. 조끼도 초록색이고 나뭇잎 무늬가 찍혀 있었다. 그 전부를 사진으로 찍든지 그림으로 그리고 싶었다. 남기고 싶었다.

"괜찮으면 들어갔다 갈래?"

쑥스러워한다는 걸 들키지 않게 나는 태연한 표정으로 말했다.

"아니, 미안하잖아."

다마히코는 어른처럼 사양했다.

"괜찮아. 나밖에 없고, 열쇠도 갖고 있으니까."

나는 말했다.

혼자 문을 여닫고 다니는 신세가 된 내 열쇠는 엄마가 자기가 일하는 잡화점에서 사 준 도둑 인형 열쇠고리에 달려 있었다. 도둑이 열쇠를 훔치는 것처럼 보인다.

이러면 잃어버리지 않을 거야. 그리고 도둑이 먼저 훔쳤으니까 아무도 훔쳐 가지 못하겠지, 엄마는 천진하게 말했다.

어린 여자아이라면 사족을 못 쓰는 남자들이 망원 렌

즈를 장착한 사진기를 들고 학교에 나타나기도 하고, 모두들 누가 자기를 유괴하려고 한다 여겨도 자의식 과잉이 아닌 요즘 세상에, 엄마는 마치 꿈속에 사는 사람이기라도 하듯 그런 일은 조금도 아랑곳하지 않았고 많은 것을 싹 무시하는 박력이 있었다. 그런 부분이 가장 좋기도 했다. 그런 면은 지금도 죽지 않고 그녀 안에서 빛나고 있다고 생각한다.

내가 좀 커서 손이 덜 가게 되자 엄마는 친구들과 마음껏 놀러 다녔고, 아빠는 일하고 돈을 조달하느라 거의 집에 없었다. 그래서 많은 것들이 뒤로 미뤄졌는데도 겉으로는 평화로워 보였다. 그런 과도기 같은 시기였다. 앞날에 슬픈 일이 기다리고 있을 것만 같은 막연한 예감만 늘 온 집 안에 어려 있었다.

"잠시 들어왔다 가, 아이스커피는 있으니까. 급한 일 있다면 붙잡지 않겠지만."

다마히코가 잠자코 말이 없어, 나는 문을 연 후에 다시 한 번 말했다.

"그럼, 들어갈게."

다마히코가 그렇게 말했을 때, 나는 살짝 놀랐다. 설마 정말 들어오리라고는 생각지 않았는지도 모르겠다.

그것이 우리 사이의 문이 열린 순간. 동시에 내 마음속 세계도 그를 받아들였다. 평생을 좌우하게 될, 짧지만 가장 행복한 시간의 시작이었다.

그렇게 그는 하고 싶은 일은 무엇이든 솔직하게, 사람 눈을 의식하지 않고 하는 사람이었다.

유치원이 아메리칸 스쿨이었기 때문인지도 모르고, 밀라노와 일본을 오갔다는 사실과도 물론 관계가 있을 것이다.

나 역시 부모님이 별나서 친구가 아주 적었지만 그렇다고 따돌림을 당한 것은 아니었다. 대개는 자연스럽게 혼자였지만, 다마히코의 성격으로 보아 그 때문에 친하게 지내자고 생각하지는 않았을 것이다. 그저 관심이 갔을 뿐, 그렇게 보였다.

그래서 마음이 편했다.

사 들고 온, 안 그래도 달짝지근한 아이스커피에 꿀을 듬뿍 넣고 얼음을 넣어 커다란 잔에 따르고, 우유까지 가득 붓고서 빙빙 휘저어 마시는 음료를 나는 항상 즐겼다.

꿀을 너무 많이 쓴다, 어린애가 커피를 너무 마신다, 같은 잔소리 없이 혼자서 마음껏 마실 수 있어 행복하다고 생각했는데, 그때 나는 마음 맞는 사람과 그걸 마시는 것도 멋진 일이라는 것을 깨달았다.

"이거 맛있는데, 우유를 듬뿍 넣는 게 관건이로군."

다마히코가 그렇게 말했을 때, 나는 자랑스러운 기분까

지 들었다.

"작년 여름 방학 때는 엄마 친구가 사는 플로리다에서 지냈는데, 우유를 갤런 단위로 사더라고. 과일도 다 먹을 수 없을 정도 단위로 팔고."

"무지무지하게 크겠지."

"처음에는 장난인 줄 알았어. 그 크기."

다마히코가 말했다.

"그리고 일본으로 다시 돌아왔더니, 이번에는 모든 게 쪼잔하게 보이는 거야. 게다가 포장은 유난히 예쁘게 하고. 이런저런 것들에 너무 세심하고."

"무슨 말인지 알 것 같아."

나는 말했다.

좀 더 멋지게 말할 수 있다면 좋을 텐데, 하고 생각하면서.

"조금 더 멋지게 말할 수 있으면 좋겠다."

그렇게 말하고서, 나는 다시 한 번 생각했다.

"알았다, 뭔지는 모르겠지만 우리에게는 비슷한 점이 있다는 생각이 들어. 그 말이 하고 싶었어."

"나도 그렇게 생각하는데."

다마히코가 말했다. 그 말은 '우리 친구 하자.'라는 거나 마찬가지였다.

나는 그때, 오래도록 혼자 괴로워해 왔던 무언가가, 싸워 왔던 무언가가 조금 해소되는 것을 느꼈다. 소꿉친구나 같은 반 아이 따위가 아닌, 진정한 친구를 찾은 것이다.

이런 순간을 줄곧 기다렸구나. 그리고 내가 생각했던 것 이상으로 나는 안도했다. 부모님이나 선생님이나 친구에게나 무엇 하나 제대로 말하지 못했던 내가 다마히코에게는 있는 그대로 말하고 있다. 나는 이상한 게 아니야, 비정상이 아니야, 그런 생각을 했다.

그러고서 그날 "오늘은 보트를 타야 할 날씨인데, 몸이 안 좋은 거 아니면 가자."라는 다마히코의 영문 모를 주장에 따라, 우리는 시노바즈 연못에 보트를 타러 갔다.

몇 백 엔을 내고 보트에 오른 우리는 좁다란 연못을 빙빙 돌았다. 물새가 떠다니고 거북이가 헤엄치고, 물가의 풀과 나무는 초여름 바람에 한들거렸다. 옆으로는 연잎으로 덮인 연못이 보였다. 새벽녘에 산책하다 보면 여기가 천국인가 싶을 정도로 거대한 연꽃이 수없이 피어 있는 연못이었다.

아빠가 그렇게 바쁘지 않았던 시절에는 이른 아침에 곧잘 산책하러 왔는데, 하고 나는 생각했다.

그 시기의 아빠는 허구한 날 일 또 일, 툭하면 회사에서 자고 들어오는 탓에 안색도 좋지 않았고 지칠 대로 지쳐 있었다. 엄마와 아빠가 얘기하는 모습을 한 달 이상이나 못 보았다. 무언가가 무너져 내리는데, 막을 수 없다는 것을 알고 있었다. 이제 됐으니까 다 무너져, 어느 쪽이든 상관없으니까 분명히 하라고, 거의 자포자기한 심정으로 그렇게 생각한 적도 있었다.

"제일 좋은 계절이로군."

노를 저으면서 다마히코가 말했다.

나도 내가 물소리와 파란 하늘색을 그저 즐기고 있다는 것을 알았다. 오늘은 정말 보트 타기에 좋은 날씨네, 하고 생각했다. 이렇게 뭔가를 즐겁기 위해서 하는 것이 얼마만인지. 그렇구나, 아빠의 경제 사정이 안 좋은 때인데도 내게 친구가 생길 수 있구나, 하고 나는 생각했다. 나쁜 일만 있는 건 아니구나. 만약 엄마가 아이를 좋아하고 자상하고 언제나 집에 있는 사람이었다면 나는 학교를 조퇴하고 집으로 돌아올 생각은 하지 않았을 테고, 다마히코의 좋은 점을 발견하지 못했을 테니까 친해지는 일도 없었을지 모른다.

나는 물에 손가락을 살며시 담가 보기도 하고, 하늘을 멍하니 올려다보기도 했다.

왜 조금도 부끄럽지 않고 이렇게 자연스러울 수 있을까, 남자애와 단둘이 있는데. 나는 신기하게 생각했다. 다마히코가 이렇게 좋은데, 나는 전혀 긴장되지 않았다.

그것은 다마히코가 긴장하지 않고 이 세상을 자연스럽게 헤엄치고 있기 때문이었다.

그는 거대한 흐름을 보고 있고, 내가 있는 하찮은 세계는 그의 작은 일부에 지나지 않는다. 나는 그런 다마히코를 존경하지만, 그에게는 당연한 일이라서 내 그런 마음을 알지는 못한다.

그런 것들을 말로 안 것은 아니다. 그저 느꼈을 뿐이다.

번갈아 노를 젓다 햇볕에 익어 나른해지고, 밖에서 마음껏 놀았다는 느낌도 충만해졌다. 해가 기울면서 멀리 있는 절의 실루엣이 떠올랐다.

"아, 기요 아저씨다."

다마히코의 말에 연못가를 돌아보니, 저물어 가는 하늘 아래 그림자가 가느다란 남자가 자전거를 타고 씽씽 달려가는 모습이 보였다.

"아저씨, 기요 아저씨!"

다마히코가 큰 소리로 불렀다.

기요 아저씨는 자전거를 세우고 잠시 두리번거리더니, 보트에 탄 다마히코를 찾아내고는 함박웃음을 지었다.

"데이트하는 거야?"

기요 아저씨도 큰 소리로 물어, 나는 조금 부끄러워졌다.

"그렇죠. 아저씨는 집에 가요?"

다마히코는 당당하게 대답했다.

그 '그렇죠.'라는 말을 들었을 때의 새콤달콤함을 평생 잊지 못하리라.

"응, 저녁 찬거리를 사가려고 했는데, 여기서 만났으니까 돈가스라도 먹으러 갈까?"

기요 아저씨가 말했다.

"좋죠. 보트 돌려주고 갈 테니까, 배 타는 데서 기다려요."

"누구야? 친척?"

나는 물었다.

"아니. 설명하기 좀 힘든데, 사람들이 하는 말 그대로야. 타인."

다마히코가 대답했다.

"우리 아버지, 엄마랑 같이 안 살고 카트만두에 있어. 그리고 아저씨는 아버지 제자이자 엄마 친구이기도 해. 게이인데, 나 키우는 거 도와 달라는 아버지의 부탁을 받고 지금 나랑 일본에서 같이 살고 있어. 이거, 학교에 가서는 절대 말하면 안 돼. 아저씨가 변태 취급당해서 쫓겨날 수도 있으니까."

우리 집보다 훨씬 글로벌하게, 흐름에 몸을 맡긴 이 사람들의 자유로움에 나는 놀랐다.

"자유롭구나."

나는 말했다.

"그래서 힘든 일도 지겹도록, 정말 치가 떨리도록 많아."

다마히코가 말했다.

"즐거운 척이라도 하지 않으면 살 수가 없으니까, 그래서 즐거워 보이는 거야. 깊이 생각하면 우리 집, 진짜 엉망진창이거든. 나는 처음부터 그런 부모밖에 모르니까 어쩔 수 없다고 생각하지만, 평범한 집이 부러워. 그 사람들에게는 시간도 평범하게 흘러가겠지. 우리 집은, 롤러코스터 탄 기분이랄까. 툭하면 짐 싸서 여기저기로 이동하고, 여름 방학 때만 학교에 적을 두기도 하고, 이런저런 나라로 옮겨 다니고. 급하게 결정되는 경우가 많으니까."

"내가 아직 어린가 봐. 잘 모르겠어. 그냥 좋은 부분이 부러운 거지."

나는 솔직하게 말했다. 그와 함께 있었더니, 점차 솔직하게 말이 나왔다.

"테트라, 너도 같이 가자."

다마히코가 말했다.

"어차피 집에 가면 저녁 먹을 거니까, 마찬가지잖아."

"너희 엄마는?"

"지금은 밀라노에 있어. 책이 출판되면 개인전이다 뭐다 일이 많으니까, 그쪽에 있는 게 좋대. 그런데 여기서도 곧 대규모 전시회가 있어서, 또 일본에 올 건가 봐. 이번에는 한동안 있을 거라던데."

다마히코가 말했다.

"굉장하다, 정말 자유로워."

나는 같은 말을 또 하고 말았다.

"부모님 사정 때문에 여기저기로 옮겨 다니는 거, 힘들어."

다마히코는 담담하게 말했다.

"짐을 늘릴 수도 없고."

나는 그도 그렇겠다고 생각했다.

그럼 다마히코는 또 밀라노든 어디든 가 버리는 건가, 하고서 가슴이 찡해지기도 했다. 설마 다마히코보다 내가 먼저 이 동네를 떠나게 될 줄은 꿈에도 몰랐다.

보트를 연못가에 대었더니, 기요 아저씨가 거기서 기다리고 있었다. 뼈만 남은 것처럼 앙상한 몸에 알록달록한 비치 샌들을 신고 세련된 알로하셔츠를 입고 있었다.

기요 아저씨는 자전거를 끌고서, 이미 해 저문 연못가를 함께 걸어 시끌시끌한 거리로 나갔다.

기요 아저씨가 걸으면서 물었다.

"뭐 먹을까?"

다마히코는 꽤 손위인 그에게 마치 친구처럼 대답했다.

"나는 돈가스가 좋겠어. 호라이야에서 파는."

아, 사람을 대하는 다마히코의 태도는 지난번에 나를 사로잡았던 일본 탁구 주식회사 얘기 때처럼 그냥 올곧은 거로구나, 그렇게 생각했다.

그리고 셋이 저녁을 먹으러 갔다. 다마히코와 같이 먹는 돈가스도 무척 맛있었지만, 더욱 좋았던 것은 이제 거리로 나가서 외식을 한다는 그 분위기였다. 거기에는 맛있는 돈가스 이상의 무엇이 있었다. 사이좋게 돈가스를 먹으면서 우리는 주스를 마시고 기요 아저씨는 맥주를 딱 한 조끼 마시고, 같이 밤길을 걸어 집으로 돌아갔다. 그 풍경 하나 하나에 담긴 활기 같은 것이 나를 위로해 주었다.

외로움도 응어리 같은 것도 사라져 없어지고, 시간이 지나는 게 오랜만에 아쉬웠다. 나는 가족이 아닌 사람에게 굶주려 있었는지도 모르겠다. 그 시점에서는, 서로를 얽매지 않는 가족의 문제점은 조금도 느껴지지 않고 선망만이 한껏 부풀었다. 다마히코의 가족을 관찰하면서 말은 가족이어도 문제투성이란 것을 점차 알게 되었지만.

그리고 또, 누구 하나 새로운 사람이 더해지면 인생이 변한다. 연애가 아니더라도 변한다는 것을 나는 피부로 느꼈다.

텔레비전 드라마나 잡지, 만화의 세계는 대개 거짓이다.

세계는 연애로만은 성립되지 않는다. 그렇게 어수룩하지 않다. 훨씬 더 세밀한 꿈 같은 것이고, 한 오라기 실은 반드시 천 전체로 이어진다, 그런 생각도 들었다. 그때 이어짐에 관한 그런 사고가 싹터, 훗날 내가 퀼트 제작에 매료된 것이리라.

그 후 우리는 학교에서는 그냥 평범한 정도로, 학교가 끝나 집으로 돌아가면 매일 만날 정도로 친해졌다.

나는 밤늦게까지 다마히코의 집에 있으면서 기요 아저씨가 만든 저녁을 먹었고, 다마히코의 엄마가 귀국해 있을 때는 다 같이 식사 준비를 하면서, 마치 그 집 아이라도 된 기분에 젖어 있었다.

다마히코는 어디에서든 쉬이 잠들었다. 소파에 뒹굴다 잠들 때면 왜 그랬는지 몽롱한 상태에서 내 손을 꼭 잡고는 놓아주지 않았다. 아, 어른인 것처럼 굴어도 아직은 어린애로구나. 속마음으로는 엄마와 같이 살고 싶은 거겠지. 나는 늘 생각했다.

늦은 밤, 집에 돌아갈 때면 다마히코가 언제나 자전거에 태워 바래다주었다.

얘기가 끝나고 서로 고개를 끄덕이고 나면 그는 입맞춤도 악수도 없이 "또 보자!" 하고는 뒤도 돌아보지 않고 가버리는데도 나는 여전히 달콤한 기분 속에 있을 수 있었다.

다마히코만 있으면, 다른 사람은 필요 없어. 그런 마음을 너무 일찍 알아 버렸다면, 어떻게 하면 좋지?

잠자리에 들면 하느님에게 늘 그렇게 물었다.

황당하고 바보스럽지만, 나는 진심이었다. 지금 이대로가 좋다. 시간이 흐르면 안 된다. 모든 게 변해 버릴 테니까. 나는 그렇게 생각했던 것이다.

하지만 내가 만약 하느님이라면, 그때 허세로 가득하고 많은 것들을 다 아는 척하느라 버거웠던 그 여자아이에게 이렇게 말했을 것이다.

'사람이란 인생의 출발점에 이미 행복의 대부분을 아는 법이야. 사람에 따라 다르지만 행복의 틀은 그때 만들어지거든. 그리고 그다음은 줄곧 그것을 되찾기 위한 투쟁의 연속일 뿐. 너 같은 경우는 다마히코와 보낸 시간이 그걸, 선망하던 모든 걸 상징하고 있었던 거지.'

요시무라 유키히코에게서 메일이 온 것은 일주일 후였다.

'테트라 씨에게.

메일로 처음 인사드립니다.

많은 것들을 제대로 전하지 못한 채 노래를 발표해 죄송합니다.

우리도 몹시 혼란스러웠고, 일본 사람들이 일을 처리하

는 신속함을 미처 따라갈 수 없어, 당신을 찾아 알려야 하는 일이 계속 뒤로 미뤄지고 말았습니다.

하지만 그렇게 해서는 안 되는 일이었죠. 변명에 불과합니다.

다만 이 CD를 발매할 때, 모두가 깊은 상심에 젖어 있었고, 일을 서둘렀습니다.

얘기하고 싶은 것이 있습니다. 만날 수 있을까요? 나는 하와이에 살고 있지만, 일 때문에 한동안은 일본에 머뭅니다. 용건만 급히 전합니다. 요시무라 유키히코.'

유키히코 씨, 이름에 행복할 행(幸)이 들어 있네, 하고 나는 생각했다.

그 곡 말고도 싱글로 발표된 그의 노래가 간혹 라디오에서 흘러나왔다. 보나마나 녹음이나 프로모션 때문에 온 거겠지. 그러니까 매일 무척 바쁠 거야. 나는 알지도 못하는 그에 대해 그렇게 멋대로 상상했다.

나는 메일로, 일이 비는 날짜와 시간, 그리고 어디든 만나러 가겠다는 뜻을 알렸다.

몇 번 메일을 주고받는 내내 그에 대한 느낌이 좋았다. 그래서 그가 무단으로 편지의 내용을 인용했거나 다마히코와 실은 사이가 안 좋은 사람이고 아이디어를 도용했을

지도 모른다는 의심은 싹 사라졌다.

그런데도 나는 겁이 나서 다마히코 씨는 어떻게 지내고 있나요, 하고 도저히 물을 수 없었다. 죽었으면 어쩌지. 그렇게, 마치 노래가 유언처럼 흐르고 있었으니.

그가 그 날 라디오 프로그램에 출연하기 위해 게야키자카 스튜디오에 갈 예정이고, 그 후 시간이 좀 있다고 하기에 롯폰기 힐스 안에 있는 카페에서 만나기로 했다.

해거름이 무척이나 아름다웠다.

서쪽 저 높은 하늘에서 무슨 성결한 일이라도 벌어지고 있는 것처럼 빛과 구름이 도쿄를 덮고 있었다. 바람은 잠잠하고, 여름은 바로 코앞까지 와 있고, 장마철에 어쩌다 날이 갠 하루가 끝나 가고 있었다.

나는 반소매에 얇은 숄을 걸친 일단은 차분하고 어른스러운 차림을 했지만, 마음은 잔뜩 긴장하고 있었다. 약속 장소에 먼저 도착했기에 기분을 풀려 글라스 와인을 주문하고, 다마히코와 나의 긴 공백을 위해 혼자서 건배했다.

그때 왠지 이런 생각이 들었다. 이 분위기 전체가 내가 두려워하는 한 가지 대답을 가리키고 있는 것 같아. 아, 그 사람은 이미 이 지상에 없는 거야. 저 하늘의 금빛과 분홍빛 언저리에 있는 거야.

눈물이 뺨을 타고 흘러내렸다.

오래도록 만나지 않은 사람인데 왜 눈물이 이렇게 흐르는 것일까. 그가 어디로 진학했는지 사춘기에는 어떤 친구가 있었는지 그가 좋아하는 음악과 여배우도 영화도 아무것도 모르는데. 어렸을 때의 그밖에 모르는데. 그런데 왜일까?

다마히코에게도 물론 갖가지 가정 사정이 있었을 것이다. 지금은 그렇다는 걸 내 일처럼 알 수 있다.

아직 이메일도 없었고, 어린애 혼자서는 국제 전화를 걸거나 비행기를 타기가 간단하지 않은 그런 시대였다.

내가 이사를 한 후에도, 우리는 계속 사이가 좋았다.

군마까지 오는 길이, 여행에 익숙한 그에게는 별거 아닌 듯했다.

실제로 그는 그 1년 동안 열 번은 나를 만나러 와 주었다. 남자 중학생의 기분 따위 금방 떠나갈 것이라고, 일상에 쫓겨 나 하나쯤이야 금방 잊힐 거라고 생각했는데, 그가 하와이로 떠나 내 마음이 황폐해지면서 내 쪽에서 연락을 끊을 때까지, 우리 만남은 계속되었다.

그는 언제나 엄마 가게에서 저녁을 먹고, 엄마나 외삼촌이 차로 역까지 데려다 주면 마지막 열차를 타고 우에노로 돌아갔다.

다마히코가 처음 군마를 찾은 것은 야반도주를 한 날에서 몇 달이 지나 겨우 안착할 곳이 정해진 즈음, 역시 가을이었다.

"이 정도 거리, 신칸센 타면 금방이잖아. 돈만 있으면 언제든 올게. 집안일 좀 거들면 기요 아저씨나 엄마가 빌려 줄 거야. 그건 고등학생 되면 아르바이트해서 갚으면 되고."

조모 고원 역의 개찰구에서 그가 그렇게 말했을 때, 나는 그 억지 없는 모습에 그만 울고 말았다.

새로운 환경에 미처 적응하지 못했고, 끝내 아빠는 우리 생활에서 완전히 없어졌고, 다마히코를 만날 수 없는 일상은 무겁기만 했고, 그래서 더욱 기대었던 마음이 무엇보다 살은 좀 빠지고 키는 좀 커서 한층 호리호리해진 다마히코의 모습을 오랜만에 보면서 한꺼번에 북받쳐 올라 울음이 터지고 만 것이었다.

다마히코는 몹시 난감한 표정이었다. 하지만 당황하지는 않고 그저 내 옆에 서 있었다. 서서 역의 창문으로 멀리 있는 산을 물끄러미 바라보았다.

손을 꼭 잡아 준 것도 어깨를 안아 준 것도 아닌데, 거대한 것에 포근히 감싸여 있는 듯한 느낌이 들었다. 아직 나이도 어린데 어쩌면 이렇게 침착할 수 있을까, 아마도 줄곧 남다른 생활을 해 왔기에 이럴 수 있나 보다 싶었다.

"미안해, 여러 가지가 한꺼번에 떠올라서."

나는 말했다.

"알아."

다마히코가 말했다.

"사는 곳을 이리저리 옮기는 건 견디기 힘들지. 언제나 많은 것들을 두고 떠나게 되잖아. 마음의 준비를 하든 안 하든, 결국은 견디기 힘들어."

나는 고개를 끄덕이며 울음을 그쳤다.

"그런데 여기, 겨울에 엄청 춥지 않니?"

아무 일도 없었다는 듯이 다마히코가 말했다.

그는 무엇이든 금세 잊고 상황을 전환시키는 사람이었다. 나에 관한 일이 아니면, 대개 그랬다. 그것은 그가 자라 온 방식에서 얻게 된 그만의 처세술 같은 것이었다.

"공기가 벌써 싸늘한 느낌인데. 엄청 추운 고장에서 나는 냄새가 나."

"그렇다나 봐. 어쩌지. 그래도 조금은 기대가 된다. 나, 추운 거 싫어하지 않거든."

나는 코맹맹이 소리로 말했다.

"난 추운 건 싫더라. 그래도 눈은 조금 좋아해."

다마히코가 말했다.

다마히코와 함께 있는 시간이, 당시의 내게는 구원이었다.

아무리 오래 있어도 싫다거나 껄끄럽다고 느끼는 일이 없었다. 물론 둘 다 어린애였으니까 울컥 화가 나는 일도 말다툼을 하는 일도 어긋나는 일도 많았지만, 거리감을 느끼는 일은 없었다. 올려다보면 다마히코의 옆모습이 거기 있어, 키 큰 나무를 올려다보는 것처럼 마음이 차분히 가라앉았다.

그와 나는 도쿄에 있을 때나 별다르지 않게 지냈다. 가끔은 우리 엄마와 외삼촌까지 끼워 온천에도 가고, 전골도 먹고, 마치 아무 일도 없었던 것처럼 즐겁게 시간을 보내다 역에서 헤어졌다.

헤어질 때면 늘 조금은 슬프고 마음이 무거웠다.

"먼 거 아니야, 이 정도는."

하지만 공항이나 역에서의 이별에 익숙한 다마히코가 별거 아니라는 듯 진심으로 그렇게 말해 주면, 나까지 별거 아니라는 기분이 든 것은 분명했다.

가장 인상에 남아 있는 장면은 우리 집이 이사한 지 1년쯤 지나 단풍이 들기 전에 만났을 때다. 역시 가을이었다.

우리는 늘 그랬던 것처럼 조모 고원 역에서 만나 전철을 타고 미나카미로 산책하러 갔다. 다니가와 산은 아직 눈으로 덮여 있지 않았다.

"저기 보이는 세모꼴이 다니가와 산. 이제 곧 새하얗게 변할 거야. 덴진다이라까지는 케이블카 타고 올라갈 수 있어. 올라가면 춥지만."

나는 말했다.

"군마 사람 다 되었군."

다마히코가 말했다. 그리고 조금 서운한 표정으로 말을 꺼냈다.

"실은 나, 내년부터 하와이에 살게 되었어. 하와이 섬."

"뭐? 밀라노가 아니고? 하와이야?"

너무도 놀란 나는 물었다. 하와이 섬과 오아후 섬도 구별 못 하던 때였다.

"엄마하고 아버지 친구가 하와이 섬에 집이 있는데, 병에 걸려서 귀국하게 되었대. 그런데 그 사람이 우리 엄마가 그 집에 살면 좋겠다면서 집을 싸게 넘겨줬어. 엄마는 그 집을 아틀리에로 꾸며서 살겠다고 하고. 우리 엄마 예전부터 하와이 섬을 좋아해서 자주 갔고, 거기서 아버지를 종종 만나기도 했는데, 이제 아주 거기서 자리를 잡을 모양이야. 밀라노에서는 일만 해도 충분한 데다 아틀리에나 갤러리 사람들 집에서 얼마든지 묵을 수 있으니까 굳이 살지 않아도 된다는 거야."

"말도 안 돼……."

나는 침묵했다. 그 말이 뭘 의미하는지 알고 있기 때문이었다.

만약 다마히코의 엄마가 지금처럼 밀라노에서 계속 산다면 그는 일본에 남지 않을까, 하고 내 멋대로 꿈을 꾸었기 때문에 갑작스러운 전개에 충격도 컸다. 그렇게 흥미로운 곳에 살면 다시는 돌아오지 않을지도 모르고, 일본에서 진학하는 일도 없을 것 같았다.

"그래도 일본에는 자주 올 거야. 밀라노로 가는 것보다는 잘된 거 같아. 이쪽이 놀러 오기도 더 쉽잖아. 그리고 나, 이탈리아어는 전혀 모르지만 영어는 조금 할 줄 아니까 그것도 다행이고. 우리 부모님은, 우선 일본에서 혼인 신고를 한 후에 엄마가 Q비자를 신청하고, 그다음에 영주권을 따겠다고 하니까 정말로 이주하기까지는 시간이 많이 걸릴 거야. 게다가 우리 아버지, 원래 버림받은 아이였는데 인도 사람이 거두어 양자로 삼았기 때문에 서류 관계가 엉망이거든. 그러니까 이번에 혼인 신고하면서 외가 쪽 양자가 되어야 비로소 정리가 되지 않을까 싶어. 그것만 해도 시간이 상당히 걸리지 않겠어? 나도 당분간은 학생 비자로 체류하겠지만, 아무튼 내년에 난생 처음으로 가족이 함께 살 곳을 찾게 될 것 같아."

다마히코는 필요 이상 명랑하게 말했고, 실제로도 깊이

사우스포인트의 연인

생각지 않는 듯 보였다. 성장 과정에서 오는 여유와 깊이 생각하면 너무 슬퍼지니까 생각지 않는, 그 두 가지가 뒤섞여 있다는 것을 알 수 있었다.

"부모님이 같이 살게 되는 건, 잘된 일이라고 생각해. 하지만 우리가 더 멀어지는 건 분명하잖아."

나는 눈앞이 캄캄해졌다.

"내가 살 곳을 나 스스로 정할 수 있을 때가 이제 멀지 않았어. 테트라가 고등학생이 되면 하와이로 유학 올 가능성도 없지는 않잖아."

다마히코가 말했다.

"그동안 어떻게든 힘내."

무슨 힘을 내라는 건지, 다마히코에 비해 너무도 어렸던 나는 도무지 알 수 없었다.

그는 무슨 힘을 어떻게 내면 어떤 인간관계가 유지되는지 충분히 알고 있었고, 실제로 온 세계에 친구가 있었다.

한편, 나는 아직 어린애라 잃을 것의 자리를 지나치게 크게 느꼈다.

"그 얘기 더 하면, 너무 슬퍼서 다투게 될 것 같아."

나는 말했다.

"난 그저 군마에 사는 중학생일 뿐이야. 너처럼 온 세계를 이리저리 돌아다니지 않았다고. 앞이 너무 멀어."

"나도 생각해 볼게. 하지만 지금은 갈 수밖에 없어. 뿔뿔이 흩어져 지내던 가족이 겨우 하나로 합쳐지는 때니까."

다마히코가 그렇게 말해 나는, 그렇구나 이 일은 그의 인생에서 중대한 일이로구나, 하고 생각했다.

아무튼 그 얘기는 그만하자. 아직 시간이 있으니까. 그렇게 마무리를 짓고 두 손을 마주 잡고 맑은 공기 속을 산책했다.

역에서부터 강을 따라 난 길을 죽 걷다, 창문으로 강이 내다보이는 가게에서 장어인지 뭔지를 먹었다. 다마히코가 사 주었다. 좌석이 있는 부분이 강 쪽으로 약간 튀어나와 있고, 바로 밑으로 찰랑찰랑 흐르는 물소리가 들렸다. 강가에는 자잘한 돌이 널려 있고, 그 주변은 울창한 나무숲이었다. 여기저기서 하얀 김이 부옇게 피어올라 온천 가는 나른한 오후 분위기로 충만했다.

슬픈 소식의 여운이 여전히 가슴에 남아 있었다.

물리적으로 떨어진다는 것은, 이제 더는 이렇게 만날 수 없다는 뜻이다. 서류 문제로 돌아오는 일이 있다 해도 그쪽에서 학교에 들어가면 몇 년은 돌아오지 않을 수도 있다.

많은 일들이 너무도 아득해 눈앞이 어질어질했다.

"그래도 비행기만 타면 일본은 가까우니까."

무슨 말을 해도 다마히코는 그렇게 주장했다. 내가 군

마로 이사 왔을 때와 비슷한 태도였다.

그날, 여러 가지 기분이 뒤섞여 헤어지기 어려웠던 우리는 둘 다, 이대로 밤새 같이 있을 수 있다면 얼마나 좋을까 생각했다. 마치 제 손바닥을 보듯, 중학생인 둘이 헤어지기 힘들어한다는 것이 서로에게 전해졌다.

하지만 몸은 어른이어도 신분은 어린애였다. 게다가 만약 그랬다가는 헤어질 수 없을 것 같아, 외삼촌이 조모 고원 역까지 바래다주겠다며 차를 타고 데리러 올 때까지 줄곧 손을 잡고 걷는 것밖에 할 수 없었다. 나의 모든 것은 다마히코 손의 감촉에 집중되어 있었다.

올려다보면 설산, 따스하고 보송보송한 손, 질척거리는 길. 온천에서 피어오르는 김이 온 동네에 자욱했다.

외삼촌이 웃는 얼굴로 나타나면 우리는 또 새로운 기분으로 온천에 가겠지. 늘 가는 허름한 호텔에서 강을 내려다보며 노천욕을 하다 로비에서 다시 만나겠지, 하고 생각했다.

그다음에는 집으로 돌아가 엄마의 카페에서 카레든 뭐든 먹고는 어린애답게 역에서 헤어지리란 것을 잘 알고 있었다.

아직 어린애지만 어떤 의미에서는 어른이었던 다마히코는 나보다 한결 큰 무력감에 시달렸으리라.

우리는 말없이, 외삼촌과 만나기로 한 역 앞까지 그렇게 걸었다.

"지금 여기 있는 사람이 없어지다니, 슬프다."

나는 말했다.

"지금 눈앞에 있으니까, 앞일은 생각하지 않아도 되잖아. 왜 자꾸 그런 생각만 하는 거야?"

다마히코가 말했다.

"그건 네가 가족이랑 살지도 않고 부모님을 만나러 외국을 오가는 생활에 길들어 있기 때문이지. 난 아직 어려서 너처럼 담대해질 수가 없어. 여권조차 없다고."

나는 말했다.

"이렇게 되는 데 얼마나 많은 시간이 걸렸는지, 얼마나 마음고생을 했는지, 넌 모를 거야."

다마히코가 말했다.

나는 놀라서 미안하다고 말했다.

"아니, 너도 요사이 여러 가지 일이 많았잖아. 사실은, 알고 있을 거야. 규모가 조금 다를 뿐, 부모님 사정으로 이쪽저쪽 끌려 다니는 것은 마찬가지니까."

다마히코가 말했다.

"다만, 그 고집 센 엄마가 이제야 겨우 어디 한군데에 정착해서 살고 싶다고 하니까 당분간은 그 뜻에 따라 주고 싶은 거야."

"내가 하와이로 가도 되고."

나는 말했다. 나 스스로에게 들으라는 듯이.

"그래. 시간 같은 거, 아마 금방 지나갈 거야."

하지만 앞으로 한동안은, 다니가와 산이 언제나 내려다보고 있는 듯한 이 동네에서 살아가겠지, 하고 나는 생각했다. 그 가혹한 현실 앞에서 하와이는 아득하게 멀었다. 실제로는 그리 멀지도 않았지만 내 마음이 닫혀 있어 다마히코의 열린 세계에 닿지 않았던 것이다.

나는 그저 슬퍼서 산만 올려다보았다. 지금은 회색인 저 산등성이에도 새하얀 눈이 쌓이겠지. 얼마나 아득한 시간이 흘러야 내 마음대로 움직일 수 있는 멋진 미래가 찾아올까. 한 번을 잊고, 괴로워 포기하고는 또다시 잊고, 그러고는 마음이 자유로워질 때까지 지긋이 기다리고. 영어 공부를 하면서 저금을 하고, 부모님을 설득(그건 그때에도 아주 간단해 보였지만)해서, 친구도 많이 사귀고 섬 생활에도 완전히 적응했을 다마히코를 따라 하와이로 간다?

어떻게 그럴 수 있겠어. 나는 절망하고 말았다.

그때는 모든 것을 망치는 원인이 내 안에 숨어 있다는 생각은 꿈에도 못 했다. 스스로 강해지면 아무리 힘든 일도 시간과 함께 지나간다는 생각은 절대 하지 못했다. 주변 상황에 휘둘리다 인생이 결정되고 만다는 무력감밖에 없었고, 불안해서 누군가에게 의지하고 싶은 마음만 가득했다.

하늘은 투명하고, 푸른 숲에 때로 엷은 안개가 어렸다.

다마히코가 보는 낙천적인 미래와 내가 놓인 현실에서 이어지는 미래가 너무도 다르다는 것이 조금은 서글펐고, 어쩌면 다마히코가 훨씬 현실적일 것이라 생각하면 경험도 없고 어려서 거기에 미치지 못하는 나 자신이 아쉬워 견딜 수가 없었다.

그 후의 시간은 내가 예상했던 대로 지나갔다.

온천에 가서 외삼촌과 다마히코는 남탕에 들어가고, 나는 혼자서 노천탕에서 강을 바라보다 로비에서 주스를 마시고, 아무 일 없는 것처럼 외삼촌과 잡담을 했다. 그리고 외삼촌의 차를 타고 엄마 카페로 저녁을 먹으러 갔다.

엄마는 지라시스시를 만들어 놓고 기다리고 있었다. 카페는 이미 문을 닫아, 우리 생활 공간인 2층으로 올라가서 마치 한 가족처럼 커다란 나무 테이블에 둘러앉아 떠들면서 먹었다.

저녁을 다 먹은 후 외삼촌이 이제 역으로 나가자고 말했을 때, 엄마가 눈을 찡그리고 우리를 빤히 쳐다보았다. 빤히, 한참을 쳐다보았다.

그 느낌이, 야반도주를 하던 그 밤 다마히코에게 편지를 쓸 수 있도록 허락해 주었을 때와 똑같았다.

"마지막 전철까지 아직 시간 있잖아. 나중에 내가 데려다 줄 테니까 교이치 너는 가 봐."

엄마가 말했다.

"그래? 그럼 난 할 일도 남아 있으니까, 갈게."

그렇게 말하고서 외삼촌은 순순히 돌아갔다.

다마히코와 나만 영문을 모르는 채 뚱하게 테이블에 마주 앉아 있었다.

"그리고 엄마도 외출할 거야. 내일은 가게 쉬는 날이니까, 마시고 놀아야지. 택시 타고 갈 거야. 역 앞 쇼핑가에 있는 술집 미야코에 새벽 4시까지 있을게."

엄마가 말했다.

"저, 저는 어떻게 하고요?"

다마히코가 물었다.

"자고 가. 전철 끊기고 나면 바로 집에 전화 걸어 줄 테니까. 지금 막 마지막 전철을 놓쳤으니 책임지고 재우겠다, 그렇게. 걱정 마. 가게 밖에 나가서 전화할 거니까 들키지 않을 거야."

엄마가 웃었다.

"그리고 내일 아침에 신칸센 역까지 데려다 줄게. 올라

가는 차표는 아직 안 샀지?"

"이건 책임지는 게 아니잖아!"

나는 어이가 없어 그렇게 말했다.

"지금 너희들을 어떻게 떼어 놓니, 엄마는 그렇게 못해. 그래도 아이는 만들지 마."

엄마가 그렇게 말하자, 다마히코는 귀까지 발개지고 말았다. 아, 그런 생각 엄청 하고 있었구나, 하고 나는 차분히 관찰하고 말았다.

"엄마의 직감으로 선처해 주는 거니까, 소중한 시간 보내. 자, 그럼."

그러고는 지갑을 집어 들고 나가 버렸다.

덩그러니 나와 다마히코 둘만 남았지만, 허둥대지 않았다. 단둘이 있는 것에는 이미 익숙했다.

같이 가게 뒷정리를 하고, 문단속을 하고, 좁은 2층으로 올라가 차를 끓이고, 음악을 틀고. 늘 그랬던 것처럼 번갈아 목욕도 하겠지만, 이제 역까지 데려다 주는 일도 더 이상 없다. 그리고 내일 또다시 만나 노는 일도 없다. 만나러 자주 오갈 수도 없다.

하지만 지금은 눈앞에 있다. 그게 전부였다.

카페 옆에 갖다 붙인 것처럼 있는 창고 겸 좁다란 손님방에 엄마가 이부자리를 깔아 놓았지만, 우리는 당연히 내 조그만 싱글 베드에서 잤다.

"일단은 이쪽 이부자리에서 잔 척해 둘까."

그렇게 말하고 다마히코가 손님방의 이불 속에 한 번 들어갔다 나왔을 때는 웃음이 터져 나오고 말았다.

다마히코는 그런 면이 가장 좋다고 생각했다. 평생 변하지 않았으면, 하고 바라면서.

"피가 나온다고 들었거든."

나는 목욕 타월을 들고 왔다.

"어, 나, 피에는 약한데."

다마히코는 그렇게 말했다.

그런데도 우리는 믿기 어려울 만큼 무사히 일을 치렀다. 이렇게 행복한데 왜 이렇게 슬플까, 하면서. 어떻게든 낙관적이려 했지만, 앞으로는 자주 만날 수 없다는 생각이 머리를 떠나지 않았다.

"고마워. 이런 일이 있었다는 거, 평생 잊지 않을게."

그때 다마히코는 그렇게 말했다.

……그리고 정말 평생 잊지 않았네, 하고 나는 생각했다.

피는 거의 나오지 않았다.

4시에 돌아오겠다던 엄마가 7시에나 술에 취해 들어와 픽 쓰러져 잠들었기에 우리는 이른 아침 다시 한 번, 조용한 섹스를 했다. "차라리 아이라도 생기면 좋은데." "아니,

아직은 그럴 수 없을 거야. 나이로 봐서 아직 몸이 어중간하니까." 그런 얘기를 소곤소곤 진지하게 나누면서.

다음 날, 엄마는 뜻밖에도 우리를 놀리지 않았다. 우리는 당연히 계속해서 사귈 요량으로 마음을 단단히 여몄다. 엄마가 차로 조모 고원 역까지 데려다 주었고, 우리는 오후의 햇살이 반짝이는 역에서 헤어졌다.

돌아오는 길 내내 우는 내게 엄마는 아무 말도 하지 않았다. 도중에 잠깐 차를 세우고 나가 커피를 사 왔을 뿐이다. 엄마 것으로는 블랙을, 내게는 카페오레를.

나는 콧물을 훌쩍거리면서 말없이 마셨다.

그 일련의 일들이 엄마가 내게 베풀어 준 최고의 친절이었는지도 모르겠다.

그 후 우리는 몇 번을 만났고, 몇 번은 더 섹스를 했을 테고, 다마히코가 하와이 섬으로 떠날 때는 나리타에서 배웅도 했을 테고, 일시적으로 귀국해 있을 때도 한 번쯤은 만났을 텐데, 충격이 너무 컸던 탓인지 슬픔을 지나치게 억눌렀던 탓인지, 도무지 기억이 잘 나지 않는다. 슬프고 애틋한 장면이 토막토막 되살아날 뿐이다. 그가 조금 즐거워 보이는 것도 괴로웠다. 그 기간 내내, 내 마음을 짓누르고 지냈던 것 같다.

나리타에서 돌아오는 전철 속에서 언제나 눈앞이 캄캄

했다는 것밖에 기억나지 않는다.

 그날, 역에서 헤어졌을 때의 힘겨웠던 마음이 너무 커서, 앞날의 슬픔에 대한 예감이 너무도 절실해서, 그다음 일은 모두 흐릿해지고 만 것이리라.

"왜 울고 있는 거죠?"

 그렇게 건네는 말에 정신을 차린 내 눈에 보인 것은 CD 재킷에 있는 얼굴보다 훨씬 가무잡잡하고 턱도 훨씬 단단한 유키히코 씨였다.

 인상은 어딘가 소탈한데 짧은 바지 차림에 조그만 선글라스까지 낀, 뭐라 말할 수 없이 균형이 어긋나는 사람이었다. 아무튼 도쿄가 어울리지 않았다. 우쿨렐레 케이스가 몸의 일부처럼 그의 옆에 딱 달라붙어 있었다.

"저, 지금 내 멋대로 생각하고 울고 말았는데, 혹시 다마히코 씨가 죽었나요? 이미 이 세상에 없나요?"

 나는 말했다.

 유키히코 씨는 선글라스 속 눈을 동그랗게 뜨고서, 나를 빤히 쳐다보았다. 무슨 말이든 해야 하나 그만두어야 하나, 생각이 머릿속을 맴돌고 있다는 것이 전해졌다.

 그런 다음 한참이 지나, 조용히 그리고 분명히 고개를 끄덕였다.

나는 눈물이 멈추지 않아, 손수건을 얼굴에 대고 울었다.

하지만 유키히코 씨는 당황하지 않았다.

소파에 묵묵히 앉은 채 커피를 주문하고는, 우는 내가 그리 신경 쓰이지 않는다는 듯 조그맣게 우쿨렐레를 치기 시작했다.

말 대신 음표가 나를 위로했다.

그 소리는 말보다 훨씬 정성스럽게 동요한 내 마음의 꼴을 따라 선을 그리며 무지개처럼 갖가지 색으로 빛났다. 우쿨렐레의 고운 소리 주변으로 일곱 가지 색 빛이 보여, 정말 무지개 같았다. 나는 울면서, 정말 예쁜 소리네, 마치 소리가 나를 마사지하는 것 같아, 하고 생각했다. 마치 요정들이 날아다니며 살짝살짝 키스를 해 주는 것 같고, 따스한 빗방울이 톡톡 내 몸으로 떨어지는 것 같다고.

그러다 울음을 그쳤는데, 연주에 몰입한 유키히코 씨는 눈치챈 것 같지도 않았다.

나는 물을 단숨에 마시고, 말했다.

"미안해요."

유키히코 씨가 퍼뜩 고개를 들고서 말했다.

"아, 괜찮아요. 그 기분 잘 압니다. 당신은 나를 잘 모르겠지만, 다마히코는 우리 형이에요."

"네?"

나는 깜짝 놀랐다.

"어디까지 아는지 잘 모르니 설명하죠. 원래 우리 가족은 뿔뿔이 다 흩어져 살았는데, 하와이 섬에 정착하게 된 당시에, 어머니와 우리 둘의 아버지가 혼인 신고를 하기로 했어요. 어머니가 먼저 문화 교류 비자를 따고, 그 후에 국적이 모호했던 아버지가 일본 국적을 따면서 어머니와 혼인 신고를 했죠. 그다음에는 어머니가 영주권을 땄고, 우리도 그 자식이라 영주권을 받게 되었어요. 지금도 이동은 잦지만 우리 가족은 이제 완전히 자리를 잡았습니다. 아 물론, 다마히코와 나의 아버지는 같은 사람입니다. 아버지는 요가 지도자가 될 계획이었던 것 같은데, 우리가 생기면서 뜻을 바꿔 가족과도 오가게 되었죠. 하지만 지금도 1년의 대부분을 카트만두의 작은 마을에서 지내면서 일반 사람들에게 무상으로 영적 치료를 해 주고, 또 그걸 가르치고 있어요. 당시 우리 부모님은 어디에도 정착하지 않은 상태였기 때문에, 나와 다마히코 형은 같이 산 적이 별로 없어요. 하지만 어머니가 하와이에 자리를 잡은 후에는 줄곧 같은 집에서 지냈습니다. 우리, 터울도 그리 많지 않고 사이가 좋았거든요."

그런 거였구나. 나는 납득했다. 그리고 물었다.

"어떻게 죽었나요?"

"급성 백혈병이었어요."

"그게 언제쯤이죠?"

"1년 전입니다."

"만나러 갔으면 좋았을 텐데. 왜 알려 주지 않았을까요."
나는 물었다.

유키히코 씨가 대답했다.

"그리운 마음이 너무 크면 만날 수 없는 일도 있는 법이죠. 남자에게 첫사랑의 연인과 어머니가 얼마나 무거운 존재인지, 여자는 절대 모를 겁니다. 말할 수가 없어요. 너무 좋아했던 기억이 있으면, 만나고 싶다는 말을 할 수가 없어요. 그건 말이죠, 아무리 낙천적인 형이라도 마찬가지였을 겁니다. 분명 그랬을 거예요."

"그럴까요."

또 눈물이 넘쳐흘렀다. 유키히코 씨가 말을 이었다.

"다마히코 형은, 당신이 주문 제작을 하는 퀼트 아티스트가 되었다는 것을 알고 있었어요. 인터넷으로 검색해 알아내고서 무척 기뻐했죠. 언젠가 전통 하와이식 퀼트 전시회를 보러 여기에도 오면 좋을 텐데, 그렇게 말했어요. 메일을 보내 볼까, 하기도 했고."

"그 사람…… 행복했나요?"

나는 물었다.

"가족 모두 사이가 좋았으니까, 형을 잃고서 다들 얼마나 슬퍼했는지 몰라요. 어머니는 정신적으로 불안정해져서 한동안 몸져누웠고, 여자 친구도 있었는데 그녀 역시 지금까지 슬픔에 젖어 인생의 희망을 찾지 못하고 있어요. 그런 걸로 봐서, 행복했다고 할 수 있겠네요."

유키히코 씨가 말했다.

"그 사람에게 여자 친구가 있었군요. 다행이에요."

가슴이 조금은 아팠지만, 진심으로 그렇게 생각했다.

"여러 가지 일이, 여러 가지 의미에서 그리 간단하지 않았어요. 서류상의 문제로 모두들 지쳐 있었고, 어머니나 아버지나 남다른 사람들이고, 형의 여자 친구 역시 평범한 사람은 아니고, 한마디로 뒤틀린 가족이니까요. 그래도 사랑만큼은 언제든 넘칠 정도로 있었죠."

유키히코 씨가 말했다.

"무슨 뜻이죠?"

내가 물었다.

"차례대로 조금씩 얘기하겠습니다."

요히시코 씨는 애처롭게 미소 지었다.

그렇다고 내가 줄곧 다마히코만을 생각하며 살아온 것은 아니다. 그는 그저 첫사랑이었다.

그런데 눈앞에 있는 이 사람이 그에게로 이어지는 유일

한 길이라는 걸 깨닫자, 유키히코 씨까지 좋아질 것 같았다. 이 사람이 얼마 전까지 다마히코와 같이 있었고, 어른이 된 그의 웃음소리를 듣고 손을 잡기도 했다는 말이지.

그렇게 생각하자 그의 마지막 여자 친구까지 좋아하게 될 것 같았다.

"그래서, 부탁하고 싶은 게 있는데."

유키히코 씨가 말했다.

"만약, 만약 거리끼지 않는다면, 뒤에 남은 어머니를 위해서, 형의 인생을 퀼트로 만들어 줄 수 있을까요?"

나는, 아직은 많은 것들을 인정하고 싶지 않아서, 숨을 꾹 삼켰다. 그가 죽었다는 것. 더는 만날 수 없다는 것. 만날 가능성이 없다는 것. 하지만 거절이라는 선택은 애당초 존재하지 않았다.

"만들고 싶어요……. 물론 추모하는 마음을 담아 무료로 만들 거예요. 그러려고 해요. 하지만 너무 놀라서, 지금은 생각을 할 수가 없어요. 시간을 주세요. 기억이 떠올라도 늘 어디서든 건강하게 있을 거라고만 생각했기 때문에, 그 생각을 당장 바꿀 수가 없네요. 나는, 옛날부터 뭘 하는데 시간이 많이 걸리는 사람이라서요."

나는 솔직하게 말했다.

"그런데 다마히코의 어머니는 나를 만나거나, 내가 제작한 퀼트를 보고 싶어 하시나요? 혹시 그 사람이 생각나서 더욱 괴로워지는 것은 아닐까요?"

"보고 싶어 하죠. 당신을 만나고 싶어 하기도 합니다. 아시겠지만 어머니는 굉장히 강한 사람이에요."

유키히코 씨는 단호하게 말했다. 그리고 시계를 보았다.

"죄송하지만 테트라 씨, 난 그만 스튜디오로 가 봐야 합니다. 다시 만나 얘기하고 싶은데, 연락해도 될까요?"

선글라스 속 그의 눈이 진지했다. 그 눈 속에는 올곧고 단순하고 예쁜 것들이 담뿍 담겨 있었다. 이런 거야말로 하와이에서 온 것이로군, 하고 느꼈다. 하와이 사람들은 틀림없이 이런 눈빛을 하고 있을 거라고 생각했다. 일본 사람들이 모조리 잃어버린 유의, 일상적으로 나눔을 행하는 사람들이 지니는 빛이었다.

나는 고개를 끄덕였다.

그는 "고맙습니다!"라고 말하고서는 계산서를 움켜쥐고 우쿨렐레를 껴안고 달려 나갔다. 뒤에 나만 덩그러니 남았다.

많은 일이 한꺼번에 벌어져 혼란스러웠다.

하지만 한 가지, 인식한 일이 있었다. 다마히코는 역시 이 세상에 없다, 몇 번이나 그 생각이 머릿속을 빙빙 맴돌았다.

저녁 햇살은 이미 흔적도 없고, 금색이었던 빛은 밤 속에 녹아들어 갔다.

도시의 빛을 받은 파란 하늘이 롯폰기 힐스의 산재하는 건물 사이사이에 그림처럼 들러붙어 있었다. 금방이라도 온갖 것들이 둥실 떠오를 것 같아. 그렇게 생각했다. 그 모든 것이 꿈처럼 부옇고, 하늘의 색은 색종이처럼 단순한 파랑이고, 사람들은 하나같이 풍경의 일부처럼 인공적으로 보였다.

슬퍼서 한동안 일어설 수가 없었다. 엉엉 울 수 있을 정도로 실감이 났으면 좋겠는데, 휑했다. 인생 전부가 텅 비어 버린 듯한 느낌이었다.

어제까지 많은 일을 해 왔는데, 아무 기억도 나지 않았다.

지금 와서 후회할 것도 없는데, 마치 마저 못한 일이 있는 듯한 기분이었다.

다마히코의 엄마는 차분하지만 인상은 강렬한 사람이었다.

일본 쪽 집에 있을 때는 언제나 그림을 그렸다.

다마히코네 집과 우리 집의 공통점은 엄마들이 유기농이다 내추럴이다 하는 것에 신경 쓴다는 점이었다. 다마히코 엄마는 어렸을 때 종교 집단에서 자랐다는데, 베지테리

언은 아니지만 분하게도 그것만은 버릇이 되고 말았다고 했다. 나로서는 그런 점도 말이 잘 통했다.

그녀는 카레 하나를 만들 때도 스파이스를 돌절구 같은 것에 콩콩 찧은 후에 한 가지씩 볶는 것부터 시작했다.

언젠가는 둘이서 시장을 보러 간 적이 있었다.

유기농 식재료가 모자라서 큰 슈퍼마켓까지 사러 간 것이었다. 다만 재료가 없으면 있는 재료로 대충 때우는, 철저하지 않은 점이 우리 엄마와의 또 다른 공통점이었다. 자연식을 하는 사람들은 대개 깐깐해서 재료에 대해 양보가 없는데 두 엄마는 그렇지 않았다. 온천에 가면 비치된 샴푸로 태연히 머리를 감고, 국수가 없으면 편의점에서 사오곤 했다. 다마히코와 내가 같이 있어도 부자연스럽지 않았던 것은 그런 배경이 있었기 때문일 것이다.

우리 엄마와 다마히코 엄마가 만나거나 수다를 떠는 일은 거의 없었지만, 전화로 나누는 얘기를 들어서는 그런 점에서 얘기가 잘 맞는 듯했다.

그날도 카레 재료가 모자랐는데, 늘 자전거를 타고 횡심부름을 다녀오던 다마히코가 마침 보고 싶은 프로그램이 있다면서 기다리는 바람에, 어쩌다 나와 다마히코의 엄마 둘이 집을 나서게 되었다.

차를 세우자 거대한 슈퍼마켓 건물 너머로 깜짝 놀랄

만큼 짙은 분홍색 저녁노을이 보였다.

바구니를 들고서 안으로 들어가자 다마히코 엄마가 말했다.

"손, 잡아도 될까?"

조금 부끄러웠지만, 나는 그녀의 손을 잡았다. 조그맣고 가냘픈 손이었다.

이 손은 그림을 그리는 손이고 스스로 운명을 헤쳐 온 손이라는 걸 실감했다. 뭔가 강한 전율이 찌릿찌릿 전해졌던 것이다.

"음, 테트라. 테트라는 진짜로 다마히코를 좋아하나 봐. 정말, 진심으로. 아줌마는 잘 알아."

다마히코 엄마가 불쑥 말했다.

주위는 특판 코너라 시끌시끌하고, 나는 얼굴이 빨갛게 달아올라 무슨 농담 같은 말이라도 하려고 했다. 하지만 다마히코 엄마는 그런 말을 못 하게 하는, 거짓말을 못 하게 하는 무언가를 지니고 있었다.

"있지, 사람을 정말 좋아하게 되면 언제나 괴로워. 아줌마도 아주 옛날에 다마히코의 친아빠를 좋아하게 되었는데, 혼이 비틀리고 꼬일 정도로 괴로웠어. 그런데도 그 길을 똑바로 걸어갔어, 끝까지. 멋진 인생이었지."

나는 고개를 끄덕였다. 내 눈을 똑바로 쳐다보는 다마

히코 엄마의 눈은 깊고도 맑았다.

"사람을 진심으로 좋아하게 되는 일은 그리 흔치 않아. 그러니까, 너희 둘은 똑바로 그 길을 걸어 주었으면 해. 떨어져 있어야 할 때도 있겠지. 하지만 정말 좋아할 수 있는 사람은 잘 없는 법이야. 테트라가 다마히코를 정말 좋아하는지, 앞으로도 너 자신을 잘 들여다보도록 해. 그리고 있지, 다마히코는 바보야, 분명하게 말해서. 진짜 바보. 단순하고 밝고 소심하고 시야가 좁고."

나는 뭐라 대꾸하면 좋을지 몰랐다. 그리고 그 말이 정말 맞는 것 같아, 풋 웃음을 터뜨리고 말았다.

"바보지만 그 아이에게는 뭔가가 있어. 아주 좋은 것을 갖고 있어. 테트라 너는 그걸 정확하게 알고 있는 것 같아. 그 좋은 것은 이 사회에 별 도움이 되는 것도 아니고, 어쩌면 주위 사람들을 짜증 나게 하는 것일지도 모르지. 하지만 그 아이, 바보지만 감은 나쁘지 않아. 우둔하지는 않다는 거지. 그 점을 아는 여자가 많지는 않을 거야. 그래서 나도 테트라를 좋아하는 거지만. 그리고 난 다마히코의 친아빠를 좋아하는 마음을 지닌 채 인생을 똑바로 걸어왔어. 후회 없는 인생이란 어려운 거지만 사람을 성장시키는 것 같아. 그러니까 다마히코를 싫어하게 되면 안 돼. 그 아이도 진심이니까. 그렇게 기적 같은 조화가 생겨났으니까."

다마히코 엄마는 말했다.

나는 말없이 손을 꼭 쥐었다.

'친아빠'라는 말이 내 귀에 강렬하게 남았다. 그 사람은 아마 지금도 네팔에 있는 거겠지, 하고 생각했다.

"아줌마는 벌써 많은 것들을 넘어섰나요? 다마히코의 아버지와 함께 살고 싶은 생각은 없어요?"

내가 물었다.

"그러고 싶은 때도 있지."

다마히코 엄마는 후후후 웃으며 말했다.

"같이 살고 싶고 매일 만나고도 싶어. 사소한 잡담도 하고 싶고. 이렇게 슈퍼마켓에 같이 시장도 보러 오고 싶고, 아이를 같이 키웠으면 좋겠다고 생각한 적도 있어. 하지만 그걸 꾹 참고 있는 건 아니야. 같이 있을 방법이 없거든. 같이 있을 수가 없어. 나도 하고 싶은 일이 있는데 그 사람이 내 곁에서 돌아다니면, 그가 지니고 있는 강한 빛 같은 것이 거슬려서 그림을 그릴 수 없는걸. 그림을 그린다는 건, 옛날에 다마히코의 아빠와 내가 같이 찾아낸 보물이야. 내가 오직 하나 갖고 있는 것. 그러니까 가끔 만나는 게 가장 좋지."

참 색다른 사람이라고 생각했다. 하지만 강한 사람이라고.

가령 내가 지금 이대로 다마히코를 계속 좋아해서, 멋

을 부리거나 귀여운 척하면서 관심을 끌고, 데이트를 하고, 다른 남자를 슬쩍 좋아하기도 하고, 오후의 티타임과 예쁜 요리나 새하얀 방에서 귀여운 옷을 입고 지내는 미래나, 거대한 쇼핑센터에서 쇼핑을 하고는 기분 좋게 돌아오고, 아이를 학원에 보내나 마나로 고민하고……. 세상에서 좋다 여기는 그런 일들, 생활을 만들어 가는 일들 모두가, 다마히코 엄마의 눈빛 속에서는 순전히 거짓으로 여겨지고 만다. 그녀는 그런 일상사의 영역 밖으로 나가버린 사람처럼 보였다. 절대로 행복해 보이지는 않았지만 보다 깊은 곳에 서 있는 것처럼, 그렇게 보였다.

하지만 그런 것들에 매달리지 않는다면 과연 무엇에 매달려야 하는 걸까. 아무것에도 매달리지 않는 세계가 있다면 그곳은 얼마나 혹독한 세계일까.

예를 들어, 우리 엄마는 금방 도망친다.

힘든 일이 생기면 즐거운 일로 기분을 돌려 슬쩍 비켜 간다. 정말 중요한 일은 알아보지만, 나머지는 가능한 한 보지 않으려 한다. 주위 것들에 매달려 간신히 인생이란 바다를 항해하고 있다. 반면 혼자서 깊고 어두운 것과 지그시 마주한다면 얼마나 힘겨울까.

어린 내게 그런 상황은 몹시 무섭게도 매력적으로도 느껴졌다.

"테트라랑 있으면 그만 친구랑 얘기하는 것처럼 조잘거리게 되네. 왜 그럴까."

다마히코 엄마가 말했다.

"괜찮아요. 모르는 게 많아도, 말의 색으로 알 수 있으니까요."

나는 말했다.

"색으로 보이니?"

그녀가 물었다. 질문을 이런 식으로 하다니, 나는 감동하고 말았다.

"그냥 그렇게 느껴져요. 아줌마가 하는 말의 색은 언제나 깨끗해요. 그리고 한 가지 한 가지 색이 깊어서, 왠지 알 것 같은 느낌이에요. 다른 사람의 말은 색이 뒤죽박죽 섞여 있거든요."

나는 말했다.

"그러니."

다마히코의 엄마가 말했다.

"나도 젊을 때는 그랬는데. 정말 예민했어. 그리고 너무 예민해서 무척 힘들었지. 하지만 테트라 너는 부모님이 좀 남다르기는 해도 사랑받고 자랐으니까, 괜찮을 거야."

아줌마는 사랑받지 못했나요?

······그렇게 묻고 싶었지만, 도저히 물을 수 없었다.

조용한 저녁이었다. 마치 바닷속에 있는 것 같았다. 흐릿하게 보이는 달은 지금이라도 사라질 듯 가느다란 초승달이었다. 이 하늘이 사실은 한없이 이어져 있다는 것을 자칫 잊어버릴 것 같다. 하지만 그렇다, 저 먼 외국까지 이어져 있다. 다마히코의 친아버지가 있는 저 먼 곳까지 죽.

사 들고 나온 스파이스를 차에 싣고 있는데, 다마히코 엄마가 아이스크림을 파는 가판대를 보고는 말했다.

"우리 저거 사 먹자. 저녁노을이 아름다우니까, 서서 잠깐 보고 가자."

그렇게 소박한 즐거움을 찾아내는 방식이 다마히코와 똑 닮아 나는 기뻤다.

우리는 서쪽을 향하고 차에 나란히 기대어 아이스크림을 먹었다. 나는 민트 맛, 아줌마는 초콜릿 맛.

"……다마히코 어머니."

내가 말했다.

"마오 씨라고 불러도 괜찮아."

엄마가 말했다.

"그렇게 부르는 게 익숙해서, 길어도 이게 편해요."

나는 말했다.

"어떻게 불러도 상관없어."

아이스크림을 소녀처럼 핥아 먹으며 다마히코 엄마는

눈을 찡그렸다.

"다마히코 어머니의 부모님은, 일본 사람인가요? 어디에 사세요?"

나는 물었다.

"양쪽 다 일본 사람이야. 하지만 아빠는 누군지 모르고, 엄마와는 인연을 끊었어. 엄마가 야마나시 부근으로 이사 간 후로는 소식을 몰라. 내가 아이를 낳았다는 것도 모를 거야. 정말 형편없는 사람들이었어."

다마히코 엄마가 대답했다.

저녁 해가 커다랗게 일그러지면서 빌딩 숲 너머로 저문 후, 구름들 사이사이로 오렌지색 띠가 엷고 길게 퍼져 나갔다. 점차 우리 주변이 짙은 파랑이 어른거리는 예쁜 색으로 물들어 갔다. 눈앞에서 시간이 흘렀다. 무척이나 귀중한 시간이었다.

"인연을 끊었군요."

나는 말했다.

"그 종교에 몸담은 사람들, 내게도 들어오라면서 나를 감금하려고 했거든. 엄마도 그곳을 떠났는 데다, 나는 엄마를 용서했지만 더 이상은 상관하고 싶지 않았어. 자기 부모가 감당이 안 될 만큼 어리석은 사람들과 한패였던 적이 있다는 거, 정말 비참해."

다마히코 엄마는 아하하 웃었다.

"그래서 그길로 집을 뛰쳐나왔어. 그래도 나, 운이 없었던 것만은 아니어서 늘 좋은 친구들이 있었지. 그리고 후원자가 생겨서 이탈리아로 갔고 거기에서 일을 시작했어."

"후원자요?"

나는 물었다.

"응, 한 번도 같이 잔 적은 없어. 그냥 금전적으로 후원해 주었지. 좋은 사람이야. 지금도 밀라노에서 건강하게 지내고 있어. 갤러리스트야. 그 사람이 출판사에 내 그림을 팔아 주었어. 그리고 그 그림책이 스테디셀러가 된 덕분에 먹고살 수 있게 되었고. 그 사람은 나를 대신해 내 그림을 팔아 주기도 해."

다마히코 엄마가 말했다.

"물어봐도 될까요? 다마히코의 친아버지는, 그 다마히코 어머니의 부모님이 하셨다는 종교 쪽 사람이었나요?"

내가 물었다.

"아니야. 그는 버림받은 아이였어. 인도 사람의 양자가 되었는데, 젊었을 때 일본에서 그냥 평범하게 만났고, 서로에게 푹 빠져서 같이 살았지. 그가 인도로 수행하러 가는 바람에 한 번은 완전히 헤어졌어. 그런데 어떻게 하다 보니 다시 만났어. 어떻게 다시 만날 수 있었을까? 정말 믿을 수 없는 일인데, 믿어 줄래?"

다마히코 엄마가 물었다.

나는 힘주어 고개를 끄덕였다. 다마히코의 어머니가 다시 말을 이었다.

"그러니까 우리는 약속도 하지 않았는데 하와이 섬에서 우연히 만났어. 네팔도 아니고 서로의 모국도 아닌 빅아일랜드 하와이 섬에서. 그 무렵 나는 밀라노에 살고 있었고 인도에 갈 마음도 그를 찾아볼 마음도 전혀 없었어. 어딘가에 살아 있으면 좋겠다, 그 정도였지. 그 사람, 인도에서 수행한 후에는 네팔에 스승이 있어서 거기에다 거점을 두고, 그건 지금도 마찬가지지만, 볼일이 있으면 외국에 나가고, 부르는 곳이 있으면 사람들 앞에 나가 얘기도 하는 여행을 하고 있었대. 그때 난 하와이 섬에 사는 친구 집에서 약 한 달 정도 머물고 있었는데, 하와이 섬이 정말 마음에 들었어. 그리고 그날은 혼자서 차를 빌려 드라이브를 하다가, 사우스포인트라는 장소에 어떻게든 가고 싶어졌어. 거기는 사실 렌터카를 타고 가면 안 되는 곳인데, 시간도 있겠다 한번 가 보지 뭐, 하는 생각에 차를 몰고 슬렁슬렁 갔어. 저녁 해가 아름다울 때겠다 하면서 가벼운 마음으로. 사우스포인트는 하와이 섬 남쪽 끝에 있는 깎아지른 듯한 절벽이야. 바닷물 색이 정말 파랗고, 바다는 저 멀리까지 한없이 드넓고, 바람은 세고, 온갖 색깔이 존재하는, 이 세상의 끝 같은 장소야. 거기 앉아 나는 바다를 보고 있었지. 그런데 그 사람의 기척이 느껴져서 휙 돌아보았더니 거기에 다마히코의 아빠가 서 있는 거야. 정말 놀란 표정을 하고서. 그 사람도 혼자 와 있었어. 그렇게 오랜만에 만났는데 서로의 마음이 변하지 않았다는 건 확실했어. 평생 잊지 못할 거야. 그 놀란 표정도, 바람의 느낌도, 파란 하늘이 날아오를 수 있을 것처럼 가깝게 느껴졌던 것도. 내가 그 사람을 다시 만나 얼마나 기뻤는지도. 감정이 풍경 속으로 쓰윽 녹아들었어. 그 거대한 풍경 속으로. 만나고 말았으니 그다음은 말할 것도 없지. 둘 다 어떻게 막을 수 없었어. 다마히코의 아빠는 존경할 만한 사람이야. 요가 수행을 하면서 그가 살던 지역 사람들 뿐만 아니라 일본과 다른 나라에서 온 사람들에게도 큰 존경을 받았지. 많은 사람들이 그를 따르기 위해 가까이로 이사 오는 바람에, 그곳이 학교나 마을처럼 되어 버리고 말았어. 원래도 그렇게 많이 먹는 사람이 아닌데, 먹을 것도 다들 가져다줘서, 아무런 불편 없이 생활할 수 있었지. 그리고 새벽 5시에는 벌써 그에게 의견을 구하려는 사람들의 긴 줄이 생길 정도로 바쁜 사람이었어. 상담에 응하는 것은 물론, 몸이 불편한 사람, 병에 걸린 사람들을 치료하는 힘도 있고 말이지. 그렇게 생활하는 틈틈이 온 세계를 여행했던 거야. 그때는 하와이 섬에서 신비로운 일을 주재하는 카후나라는 사람들과 함께 마우나케아 산에 오르기 위해 온 거였대. 그리고 많은 것들을 서로 가르치고 배웠다고. 그렇게 색다른 사람이었지만, 내게는 그냥 연인이었어, 줄곧. 그 사람이 아주 좋은 이야기나 재미난 말을 할 때마다, 나는 깜짝 놀라곤 했지. 엉킨 실타래가 풀리는 것 같아서. 그 순간을 쫓다가, 나도 모르는 새 지금까지 지내 오고 말았지만. 그때 우리는 현실을 받아들이기로 하고 각자 차를 몰고 같이 코나로 돌아왔어. 앞을 달리는 차 속, 조금 나이를 먹은 그의 뒷모습을 보면서 운전했는데, 몇 번이나 이게 꿈은 아닐까 싶었지. 이런 일은 있을 수 없다고 말이야. 그리고 정말 기뻤어. 어떻게 헤어진다는 생각을 할 수 있었는지, 이상했고 말이야. 그렇게 오랜만에 만났는데도 시간의 흐름을 느낄 수 없었어. 장소의 차이도 없었고. 일본에서 같이 살았을 때 마음 그대로였어. 헤어질 수 없어서 2주일을 같이 지냈지. 그러고는 다시 헤어졌어. 하지만 그 후로도 연락을 끊지는 않았어. 시대도 바뀌었고, 서로의 사고도 조금은 어른스러워졌고, 해야 할 일도 많이 끝냈고, 세계가 좁아져 이동하기도 편해졌고 말이야. 그때 다마히코가 생긴 거야. 그다음 얘기는 하자면 또 긴데, 하지만 지금도 함께하고 있는 것만은 확실해."

다마히코 엄마는 웃음 짓고는 다시 얘기를 계속했다.

"한번 그렇게, 정말 내 이 손에 만져질 정도로 생생하게 진실을 엿보고 나면, 그다음은 세상 일에 질리고 말아. 그렇잖아, 옛날에 정말 좋아했던 남자를 하와이 섬의 남단에서 우연히 만날 확률을 생각하면, 그리고 잠시 같이 지냈는데 아이가 생겼다는 사실을 생각하면, 이 세상에 있을 수 없는 일은 없다고 생각하게 돼. 예를 들어 이 경치. 저녁노을은 아름답지, 날마다 다르고, 멀면서도 아름다우니까. 그런데 여기 대형 슈퍼마켓이 있고, 비슷한 슈퍼마켓이 건너편에도 있잖아. 그렇게 이어지는 인공적인 경치에는 관심이 싹 가셨어. 그건 사람들이 만든 것인 반면 나는 내 손으로 내 인생을 만들어 가고 있고. 거기에는 아무런 연관성이 없잖아. 그래서 다마히코의 아빠를 바로 또 만나고 싶다는 생각은 하지 않았어. 운명이 정한 시기에 만나야지, 그렇지 않으면 흐려질 뿐이라는 걸 알고 있었으니까."

"너무 험난한 얘기라 전 아직 잘 모르겠어요."

나는 말했다.

"다마히코 어머니는 혼자서 다마히코를 낳아 길렀나요? 아버지에게 알리지 않고요?"

"그랬지. 연락이 잘 되지 않았거든. 그리고 아이가 생겼다고 해서 뭘 어쩌라고? 아이로 사람을 옭아맬 수 있다고 생각하면 큰 오산이지."

다마히코 엄마는 웃었다. 웃는 얼굴이 예뻤다.

"그리고 내 옆에는 나를 도와주는 친구들이 늘 많았어. 그러니까 그때그때 옳다고 생각한 일을 하는 것뿐이야."

무언가를 알아 버린 사람의, 다시는 그전으로 돌아갈 수 없으리라는 느낌만이 마음에 남았다.

그 후 우리는 다 같이 치킨 카레를 만들어 먹었다. 집 안에서는 스파이스의 좋은 냄새가 나고, 다마히코는 엄마가 곁에 있어 좋아하는 것 같았다.

아무리 멀리 떨어져 있어도 다마히코는 자기 엄마를 좋아하고, 그리워하고, 가능하면 같이 살 수 있기를 간절히 바란다는 것을 나는 알고 있었다.

……그 강했던 다마히코 엄마가 다마히코를 얻고, 그리고 잃었다는 사실을 생각하면 괴롭고 괴로워 속이 다 울렁거리는 것 같았다.

그렇게 끝날 거면 다마히코 엄마는 뭘 위해서 다마히코의 친아빠를 만난 것일까. 괴로워하기 위해서? 추억을 위해서? 인생의 가혹함을 한층 깊이 알기 위해서?

그런저런 생각을 하자 견딜 수가 없어, 나는 역시 퀼트를 제작하기로 했다. 물론 처음부터 할 생각이었지만, 마음을 딱 정한 것이다.

 힘들어도 다마히코 엄마를 다시 한 번 만나고, 다마히코와 나의 인연도 천에 새겨 형태를 주어야겠다고 생각했다. 그러지 않고서는 나 역시 앞으로 나아갈 수 없을 듯했다.

 사흘이 지나 유키히코 씨에게서 다시 연락이 왔다.
 그가 그날은 일이 없다고 해서, 집에서 그리 멀지 않은 널따란 공원 입구에서 만나기로 했다. 커다란 나무들과 잔디밭이 있는 널찍하지만 연못은 없어서, 다마히코와 처음 보트를 탔던 시노바즈 연못과는 조금도 비슷하지 않은 공원이었다.
 "저기서 음료수 사다 앉아서 얘기할까요."
 유키히코 씨의 그 말에 얼른 다가가 나란히 걸음을 내디뎠을 때, 몸이 알고 있다는 느낌이 들었다.
 "저기요!"
 내가 말했다.
 "네?"
 그의 몸 뒤에서 나뭇가지 사이로 태양 빛이 반짝반짝 빛나고 있었다.

"저기, 유키히코 씨는 다마히코와 많이 닮았나요?"

내가 물었다.

유키히코 씨는 몹시 당황했다. 잠시 감정이 갈피를 잡지 못하는 듯하더니, 마침내 입을 열었다. 왜인지 선글라스를 벗으면서.

"그랬죠."

그 말투도 다마히코와 무척 비슷했다. 다마히코와 닮은 사람을 만났다는 것만으로도 가슴이 터져 나갈 것 같았다.

"너무 비슷해서, 잘 보니, 역시 닮았네요."

나는 말했다.

"역시 형제로군요. 어머니도 닮았지만, 아버지 얼굴도 상상할 수 있을 것 같아요."

"그런가 봅니다. 아버지에 대해서는 아직 모르는 게 더 많지만."

유키히코 씨가 말했다.

"잘 모르다니, 왜요?"

내가 물었다.

"우리 집은 고아원처럼 모르는 애들이 잔뜩 있을 때가 많아서, 아버지라는 건 없다고 생각했고, 지금도 뭐라뭐라 하면서 1년에 한 번 정도밖에 만나지 않으니까요. 어머니도 밀라노에서 친구들을 많이 만든 탓에 하와이 섬으로 이주하기가 쉽지 않았던 것 같아요. 내가 아는 건, 아버지가 밖에서는 아이를 만들지 않았다는 것, 그 정도네요."

유키히코 씨가 말했다.

"그리고 그 민폐가 심한 두 사람은, 우연히 만날 때마다 아이를 만들었고요."

내가 그렇게 중얼거리자, 유키히코 씨는 배를 잡고 깔깔 웃었다. 역시 외국에서 자란 사람이로군, 액션이 큰 걸 보면, 하고 나는 생각했다.

"내가 생겼을 때 우연히 만난 곳도 역시 하와이 섬이었다나 봐요. 킬라우에아 화산의 트레킹 코스인 체인 오브 크레이터스 로드가 거의 끝날 쯤에 있는 라에아푸키라는 곳에서 우연히 만났답니다. 절로 웃음이 나왔다더군요. 어떻게 이런 데서, 하면서 깔깔 웃었대요. 사방이 탁 트인 용암 위에서, 햇살은 쨍쨍했고요. 그때 어머니는 어린 다마히코 형을 데리고 하와이에 와 있었고, 어머니가 형을 업고 걷고 있었더니, 누구 아이냐면서 아버지가 몹시 놀랐던 모양입니다. 그리고 그때는 서로 의논을 하게 되었다고…… 할까, 그런데 이 얘기의 앞 얘기는 알고 있나요? 형이 생겼을 때 얘기. 그때처럼 드라마틱하지는 않았나 봐요. 셋에서 한동안 같이 살다가 내가 생겼고, 그래서 아버지가 조금은 이쪽에 신경 쓰기로 마음을 정했던 것 같아요. 그 후에는 우리도 네팔에 간혹 가게 되었죠. 카트만두에서 그리 멀지 않은 곳에 아버지가 줄곧 방을 빌려 사는 친구 집이 있었는데, 거기서 묵었어요. 아버지가 어머니에게 왜 다마히코가 생겼다는 것을 알리지 않았느냐고 추궁하니까, 어머니는 '이렇게 우연히 만났는데 아이를 데리고 있으면 무척 반가워할 것 같아서. 그 놀라는 얼굴이 보고 싶어서.'라고 했대요."

"언제 들어도 참 굉장한 얘기네요."

나는 말했다.

"잠깐, 그럼 내가 다마히코와 사귀었을 때, 유키히코 씨는 벌써 태어나 있었던 거예요?"

"그럼요. 주로 밀라노에 있었고, 남의 손에 맡겨져 있었지만."

유키히코 씨가 말했다.

"왜일까요? 동생이 있다는 말은 한 번도 들은 적이 없는데."

나는 말했다.

"그건 아마 우리가 거의 만난 일이 없었기 때문 아닐까요. 게다가 우리 집에는 늘 어린아이들이 많으니까, 딱히 동생이란 느낌이 없었는지도 모르죠. 혹은 동생이라는 것을 의심했는지도 모르고요. 지금은 우리 집에 맡아 키우는 아이들이 없지만. 그래도 어머니가 자기 아틀리에에서 아동용 그림책 워크숍을 열기 때문에, 아무튼 드나드는 아이들은 지금도 많아요."

유키히코 씨가 말했다.

"어머니가 그런 사람이니 무슨 일인들 없겠어요. 숨겨 둔 아이가 세 명 더 있다고 해도 전혀 놀라지 않을 겁니다."

나는 수긍이 가서 고개를 끄덕였다.

"여러 나라에 아는 아이들이 있으면 어디를 가도 외롭지 않고, 또 자라면 만나러 와 줄 거라고, 뭐 그런 영문 모를 소리를 하곤 합니다."

유키히코 씨가 말했다.

"일본에 계실 때, 나 역시 여러모로 도움을 받았어요, 지금 생각하면. 남의 집 아이를 용케도 그리 오래 머물게 해 주었다 싶어요."

나는 말했다. 유키히코 씨는 싱긋 웃고는 말했다.

"어머니는 네팔에서 온 유학생들도 종종 데리고 있었고, 집에는 언제나 이런저런 사람들이 있었으니까요. 그때가 아마 '한 번이라도 좋으니까 일본에서 살고 싶다.'라는 형의 바람과 어머니가 일본에서 크게 개인전을 열게 되어서 그 준비로 체류하기로 한 때가 겹친, 그런 시기가 아니었나 싶군요."

"그리고 마지막에는 일본에서 진학하지 않고 하와이 섬으로 날아가 버렸죠."

나는 말했다.

거기서 끊어졌다가 이런 형태로 다시 돌아온 인연이었다.

"당시에도 여기저기 흩어져 있었지만, 평화로운 가족이었다고 생각해요. 하와이 섬으로 이사한 후로는 우리 정말 사이가 좋았어요. 형제 둘이 늘 붙어 다녔죠."

유키히코 씨는 아쉽다는 듯 웃었다.

"가족들 스케일이 너무 크고 글로벌하게 변해서 도무지 적응이 안 되네요. 지금 들은 얘기도 난 평화롭게 여겨지지 않아요."

나는 말했다.

"테트라 씨 집도 굉장하잖아요? 어머니가 진짜 무모했다고요? 갓 중학생이 된 두 사람을 남겨 두고 아침까지 집을 비우셨다고 들었는데."

유키히코 씨가 말했다.

"어떻게 그런 거까지 아는 거죠?"

내 얼굴이 붉어졌다.

"남자들의 연대, 진짜 싫네요."

"뭐든 다 압니다."

유키히코 씨가 미소를 띠고 말했다. 하와이의 부드러운 바람 같은 미소였다.

"테트라 씨에 대해서는 속속들이 다 들었으니까."

왜, 하고 묻고 싶었지만, 웃는 그 얼굴의 느낌이 진심으로 좋아서, 마치 오래전에 다마히코가 집 앞에 서 있었을 때처럼 그가 녹음이 무성한 풍경 속에 녹아 있어서, 묻지 않았다.

다마히코가 이 사람에게 말로 전한 나의 모든 것을, 나야말로 되찾고 싶었다.

가장 예쁘고 빛나고 한결같았던, 내 어리석은 첫사랑의 모습을.

나란히 앉아 시원한 녹차를 마시면서 오가는 사람들과 산책하는 강아지들의 한가로운 세계를 보고 있었더니 지금 밀려 있는 일거리들, 정해진 일정들이 어떻게 되든 상관없어졌다.

"유키히코 씨, 언제까지 여기 있어요?"

내가 물었다.

"음, 녹음이 끝날 때까지니까 앞으로 두 주일 정도. 절반은 하와이에서 녹음했고, 이번에는 미니 콘서트가 주된 일이었으니까, 다다음 주에는 돌아갈 겁니다. 홍보 때문에 다시 오겠지만요."

"나, 유키히코 씨가 하와이로 돌아갔을 때쯤 한번 찾아가도 될까요? 퀼트 재료도 필요하고, 어머니도 만나고 싶은데."

나는 말했다.

"……음, 그게."

유키히코 씨가 조금 곤란하다는 표정을 지었다.

"무슨 난처한 일이라도?"

나는 물었다.

"아니, 없어요. 괜찮습니다."

유키히코 씨가 웃었다.

"조정하면 되니까 괜찮아요."

왠지 다마히코와 있는 것 같네, 하고 생각했다.

잘 보니 손도 닮았고, 옆에 있을 때의 이 기분, 내 안에서 무언가가 샘솟고 그 깨끗한 물속에 푸근히 잠겨 있는 듯한 이 느낌, 무척이나 그리웠다. 질문을 던지면 바로 답이 나오는 식의 대화인데, 어딘가 어긋난 부분이 있어 웃음 짓게 하는 것도 비슷했다.

그립고, 돌아가고 싶은 그런 기분이었다.

하지만 지금 나는 그 무엇보다 죽은 다마히코, 마지막까지 나를 기억해 준 그의 인생과 마주하지 않으면 안 되겠지, 생각했다.

나는 이미 죽어 버린 사람의 첫사랑인 거구나. 신기하게 느껴졌다. 그렇게 확고했던 것과 함께 나까지 이 세상에서 사라져 버릴 듯한 기분이 들었다.

"아 엄마? 나 다다음 주에 하와이에 다녀올게."
나는 전화를 걸어 그렇게 말했다.
"그래 다녀와. 너 퀼트 교실 워크숍은 다음 달이니까 아무 문제없어. 요즘은 가게도 한산하고."
엄마가 말했다.
"즐겁게 놀다 와."
"즐거운 여행일지 모르겠네. 다마히코가 하와이에서 죽었대. 내 어릴 적 친구."
"아아, 네 첫 경험 상대!"
엄마가 말했다.
"그때 엄마가 참 좋은 일을 했네. 죽었다니, 더욱 그렇네."
무심하기 짝이 없는 엄마의 말에 한숨이 나왔다.
"엄마 이런 때는 '어머나, 어쩌니, 너무 낙담하지 말고. 가족에게도 안부 전해 줘.' 그렇게 말하면서 조의금 보내야 하는 거라고."
나는 말했다.
"보낼게, 보낼게. 주소 알려 주면 바로 보낼게. 엄마도 어른이니까. 그런데 왠지 그 애가 죽었다는 느낌이 안 든다."

엄마가 말했다.

"나도."

나는 말했다.

"장례식에 참석하러 가는 건 아니고, 퀼트를 만들어 달라는 부탁을 받아서 자료도 수집할 겸, 다마히코가 거기서 어떻게 살았는지, 마지막 삶을 보러 가야겠다 싶었거든. 그런데 전혀 실감이 안 나."

"엄마도 그래. 죽었다는 느낌이 조금도 들지 않아. 믿기지 않는다. 그 애, 일찍 죽을 만한 기운은 없었는걸."

엄마가 말했다.

"그래, 있을 수 없어. 절대 아닐 거야."

엄마는 몇 번이나 그렇게 말했다.

하와이로 떠나는 날까지는 비행기 표를 사고, 일정을 이리저리 조절하고, 일거리도 두 배로 싸매면서 지냈다. 마치 상중인 것만 같은 묘한 기분이었다.

그러는 내내 어렸을 때 기억이 떠올랐다. 집안의 재정 문제가 언제나 마음을 무겁게 짓눌렀고 그 결과는 최악이었다. 하지만 지금 그런 문제는 까맣게 잊혀 멀리 사라졌다.

그러자 다마히코와의 추억이 보다 선명하고 아름답게

보였다.

　나 자신에게 떠올리는 것을 허락했더니, 풍경들이 줄줄이 되살아나는 듯했다.

　함께 있던 다마히코 방의 카펫 무늬, 그가 들고 다녔던 가방 색깔, 동네 아스팔트 길에 돋아 있던 잡초의 느낌, 저녁나절 공원의 조금은 스산한 분위기까지, 내 고향 마을의 냄새가 속속 그 안에 담겨 있었다.

　그 모든 게 내가 그 밤에, 완전히 떨쳐 버린 것들이었다.

　기억해도 괜찮아. 이제 풀어놓아도 괜찮아. 이제야 겨우 그렇게 생각할 수 있었다. 계기는 슬프지만, 왠지 후련했다.

　그렇구나. 나는 아빠의 인생도 퀼트로 만들어 드리지 않았구나. 아름다운 엄마를 만나 아기가 태어나고 사업도 순조로워 고급 레스토랑에서 매일 맛있는 밥을 먹고, 그러다 사업이 망해서 아내와 자식을 잃고…… 알코올 중독에 빠지기까지, 흔히 있는 슬픈 길, 그런 인생도 있는 거겠지. 언젠가는 만들어 드려야 저세상으로 고이 가지 않을까. 완성되면 벌써 인연은 끊었지만 할아버지 할머니에게 드려도 되고, 아빠의 마지막 가는 길에 도움을 준 외삼촌에게 선물해도 좋을지 모르지. 그런데 어떤 모티프를 사용해도 멋진 그림은 나오지 않겠네. 술 없이는 얘기가 안 되는 인생이었으니까, 술을 그리지 않을 수 없고.

……그런 생각을 할 여유까지 생겼다.

나는 온 정신을 집중해 퀼트를 만들었다. 두 종류의 골무를 끼고 작업해도 손가락이 아플 정도로, 궁상스럽게 슬픈 일만 너무 생각지 않도록, 갑자기 끼어든 다마히코의 일이 다른 일에 영향을 미치지 않도록, 죽을힘을 다해 일했다.

의뢰를 받아서 만들고 있는 낯선 사람의 퀼트. 불현듯 일손을 멈추면 옛일이 떠올랐다. 생각지 않으려 했던 모든 것, 후회하며 살았던 일들 하나하나. 생각하기를 허락했더니 내 안에서 무언가가 빠른 속도로 변해 가는 것을 알 수 있었다.

대형 퀼트를 제작하다 보면 의외로 힘이 필요한 부분도 많고, 한 가지 작업에 꾀를 부리면 나중에 반드시 어긋나고 그 여파가 크기 때문에 매 순간이 필사적이다. 다리미를 사용하기 때문에 땀범벅이 되기도 한다. 목에 두른 수건으로 땀을 닦으면서 모르는 사람의 인생에 뛰어들었다가 빠져나오면, 거기에 다마히코를 잃어 풀 죽은 어린 내가 있었다. 두고 온 것들만 뭉글뭉글, 엉킨 실타래처럼 마음에 되살아났다.

나도 모르는 새 날이 밝아 분홍색 빛 속에서 침대에 쓰러지기도 하고, 아침에 땀에 푹 젖어 눈을 뜨고는 에어컨을 켜고 휘청휘청 일어나 샤워를 하고, 식욕이 없어 토마토와 사과만 먹고는 또다시 타인의 인생, 그 색깔 속으로 뛰어들었다.

그런 꿈처럼 몽롱한 시기에, 유키히코 씨가 진행하는 무료 야외 콘서트에 갔다.

잠시 졸았는데 벌써 저녁때였다. 후다닥 일어나 거의 옷도 갈아입지 않은 채 전철을 타고 공원 안에 있는 조그만 공연장으로 갔다. 낮에 비가 살짝 내렸는지, 공연장의 의자가 촉촉하게 젖어 있었다. 나무들도 물기를 담뿍 머금고 싱그럽게 소슬거렸다.

우쿨렐레를 든 유키히코 씨가 아마도 친구일 하와이 퍼커셔니스트와 슬랙키 기타리스트와 함께 인사하며 슬렁슬렁 나오자 박수가 일었다. 천재적이리만큼 소박한 그 모습이라니, 딱하고도 귀여울 정도였다. 그리고 이상하게도 애틋한 느낌이 들었다. 이 사람을 알고 있는데 모른다, 그런 느낌이었다.

조명이 비치고 곡이 시작되어 별생각 없이 듣고 있었는데, 점점 울음이 북받쳐 올랐다.

모든 곡이 이 세상에 없는 다마히코가 내게 보내는 러브 레터처럼 여겨졌다.

그럴 리가 없는데, 그에게는 애인이 있었고 내가 모르는 인생도 있었는데, 지금만은 그에게 안겨 있는 듯한 그런 기분이었다.

선글라스를 낀 유키히코 씨는 싱글거리며 리듬을 타고 음악을 연주했다. 세계적인 뮤지션이 되는 일도 발표한 곡이 히트를 치는 일도 없겠지만 늘 이 정도 숫자의 손님은 확보할 수 있겠고, 하와이에 살면서 평생을 쉼 없이 활동하다 보면 돈 때문에 허덕이지 않을 만큼은 수준 높은 노래와 연주였다.

라이브 무대의 효과인지 스타에 대한 동경심의 효과인지 모르겠지만 콘서트가 끝날 무렵 나는 유키히코 씨를 좋아하게 될 것 같은 기분에 젖어 있었다.

안 되는데, 하고 나는 생각했다. 여러 의미에서 있을 수 없는 일인데, 굉장히 좋아지고 말았다. 그는 가장 영악한 각도로 내 마음에 쑥 들어와, 상상치도 못한 방법으로 내 마음을 고스란히 훔쳐 가고 말았다.

마치 다마히코가 그랬던 것처럼 똑같이. 당연한 일이라는 듯, 돌아보니 거기에 있었다는 식으로.

나의 변화를 확인하기가 겁나 대기실에 가지 않고 그대로 집에 돌아왔다.

금방 잊어버리겠지, 그렇게 마음을 다스렸다. 그리고 일에 몰두했더니 정말로 잊고 말았다. 다행이었다. 혹시라도 그런 사이가 되면 다마히코가 고이 잠들지 못할 텐데, 그건 너무 가엾다고 생각했기 때문이다.

두 주일 후에 나는 비행기를 탔다. 하와이 섬으로 바로 가는 직항이었다.

하와이 섬 공항에 도착하는 순간, 꽁꽁 긴장했던 마음이 확 풀어졌다.

정말 한가로운 공항이었다. 유일하게 가 본 적 있는 오아후와는 전혀 달랐다.

공기가 화끈 뜨거워, 나는 당장 양말을 벗고 걸치고 있던 윗도리도 벗어 가방에 쑤셔 넣었다. 구두도 샌들로 바꿔 신었다.

유키히코 씨는 며칠 전 비행기 편으로 하와이 섬에 와 있었지만 마침 내가 도착하는 날 오전에 오아후 섬에서 라디오 관계 일이 생기는 바람에 나올 수 없다고 했다.

나는 딱히 마중은 나오지 않아도 된다고 말했지만 유키히코 씨가 연락해 공항에는 아마 다마히코 엄마가 나와 있을 것이다. 십 몇 년 만에 만나는 거라고 생각하니 긴장되었다.

그런데 네거리의 야자나무 근처에 서 있는 사람은, 조금도 변하지 않은…… 물론 다소는 늙었고 흰머리도 늘었지만 기본적으로는 당시 모습 그대로인 다마히코의 엄마였다. 지금은 '다마히코와 유키히코 씨의 어머니'지만, 너무 길어서 옛날에 부르던 대로 부르기로 했다.

"다마히코 어머니!"

나는 말했다.

"테트라, 정말 오랜만이다, 예뻐졌네."

햇볕에 탄 다마히코 엄마가 방긋 웃었다.

이 사람과 있을 때면 언제나 느꼈던, 모든 것을 꿰뚫어 보는 듯한 느낌도 고스란히 되살아났다.

"오늘은 피곤할 테니까 밤에 다시 만나기로 하고, 지금 바로 호텔에 데려다 줄게. 우리 집에 묵어도 아무 상관없는데."

그녀가 말했다.

"아니에요, 나중에 놀러 갈게요. 그리고…… 삼가 명복을 빌어요."

나는 말했다.

"어쩔 수 없지, 어쩔 수 없었어. 테트라."

다마히코 엄마는 내 손을 꼭 잡고 말했다. 선글라스 속 눈은 보이지 않았지만, 그녀가 눈물을 훔치는 걸 보았다. 내 여행 가방을 번쩍 들어 뒤쪽 트렁크에 싣고서 그녀가 말했다.

"타."

"그리고, 유키히코 씨에게 퀼트를 제작해 달라는 부탁을 받았는데, 나중에 얘기를 좀 들을 수 있을까요, 괴로우시겠지만."

"응?"

다마히코 엄마가 말했다.

"뭐? 유키히코에게?"

"네."

나는 말했다.

"예명인 유키히코?"

다마히코 엄마가 그렇게 물었다.

"네."

나는 말했다.

"테트라가 무슨 일을 하는지는 알고 있어. 멋진 일이야. 책도 읽었고. 아주 좋았어. 색채 감각과 디자인이 뛰어나더라."

다마히코 엄마가 말했다.

"그런데, 뭐라고? 다마히코 인생의 퀼트를? 유키히코가 의뢰했다고?"

"네, 그래요."

내가 말했다. 뭔가 좀 이상하다고 생각하면서.

"음, 뭐가 뭔지 혼란스럽네. 나중에 확인해 볼게. 그러는 게 좋겠어. 뭐라고 하긴 했는데, 내가 그 아이 말을 적당히 흘려들었는지도 모르지. 취해 있었는지도 모르고."

다마히코 엄마는 그렇게 뒤이었다.

"무슨 이상한 점이라도 있나요?"

나는 물었다.

"아무튼 시차 때문에 멍하겠네. 시간이 이러니 비행기에서도 잠을 못 잤을 테고. 일단 호텔로 가고, 상황을 봐서 오늘 밤이나 내일 아침에 다시 만나기로 하자. 오늘 저녁에…… 그러니까 유키히코가 연락하고 만나러 가겠다고 했으니까, 만약 괜찮으면 그 길로 우리 집에 와."

그녀는 그렇게 말하고 시동을 걸었다.

"네, 괜찮아요, 오늘 밤에 찾아뵐게요."

나는 말했다. 빛이 너무 눈부셔 머릿속까지 새하얬다. 알록달록 갖가지 색깔 꽃이 빛 속에 흐드러지게 피어 있었다. 무슨 말을 하면 좋을지 몰랐고, 무슨 말을 해도 다마히코 애기가 될 것 같아 나는 잠자코 앉아만 있었다.

라디오에서 하와이 음악이 조용히 흘렀다.

다마히코 엄마는 호텔 앞에 나를 내려 주고, 짐을 내리는 것도 도와주었다. 그리고 "밤에 다시 보자." 하고는 돌아갔다.

호텔 방에서 진이 빠진 나는 곧바로 잠을 청해 보았지만 빛의 변화가 너무 아름다워 잠들지 못하다 오후의 빛 속에서 눈을 반짝 뜨고 말았다.

처음 만나는 하와이 섬이 내 몸에 쓰윽 배어들었다.

유일하게 가 본 적 있는 오아후 섬보다 훨씬 마음에 드는 풍경이었다.

전에 오아후 섬에 왔을 때 어쩌면 우연히, 역시 우연히 와 있을지도 모르는 다마히코와 마주치지 않을까 하며 침울했던 기분도 떠올랐다. 그때, 친구와 신나게 걸어야 했을 와이키키 해변의 시끌벅적함 속에서 나만 홀로 암울한 기분이었다.

하지만 지금은 모든 게 다 끝나 버렸기 때문에 아무런 거부감도 거리낌도 없이 나는 화창한 날씨 속에 녹아들었다. 사방은 눈부셨고 그 찬란함이 베란다를 지나 방까지 들어올 것 같았다.

부드럽고 매끄러운 바람이 살랑살랑 한없이 피부를 쓰다듬었다.

내가 왜 지금 하와이에 있는 거지? 몇 번이나 스스로에게 물었지만 그럴 때마다 다마히코의 죽음이 되살아나, 또 이상한 꿈속에 있는 느낌이었다. 수없이 겹쳐진 투명한 상자 속에 갇혀 있는 것 같았다. 시차로 멍한 머리에 빛은 쏟아지고, 세계는 너무도 광활해 보이고, 호텔 풀장에서 재잘대는 사람들 목소리는 바람을 타고 희미하게 들려오고, 혼자 고요한 공간에 있지만 조금도 외롭지는 않은데 모든 것이 한없이 멀고 허망하게 느껴졌다.

샤워를 하고 주스를 마시면서 편히 쉬고 있는데, 노크하는 소리가 났다. 전화도 없이 유키히코 씨가 갑자기 나타난 것이다.

"왜 이렇게 불쑥 오는데요?"

나는 말했다. 머리도 아직 젖어 있고 맨얼굴에 입은 옷도 이 모양인데, 하고 생각한 것이다.

"아, 미안. 낙조 보러 사우스포인트에 가지 않을래요? 내 차 타고. 그다음에는 우리 집에 가고요."

유키히코 씨는 전혀 아랑곳하지 않는 태도로 말했다.

"낙조를 보려면, 지금 와야 시간을 맞출 수 있을 것 같아서 왔는데."

"깜짝 놀랐다고요."

나는 말했다.

"옷 갈아입을 테니까 잠시 기다려요."

그리고 욕실로 향했다. 옷을 갈아입으면서, 선크림을 바르고 가볍게 화장을 하면서, 무언가 짚이는 듯했다. 알고 있어, 이 리듬을 분명 몸으로 알고 있어…….

"얘기해야 할 것도 몇 가지 있으니까, 낙조를 보면서 얘기해요."

방을 나설 때, 유키히코 씨가 말했다.

그가 호텔 주차장에서 차를 꺼내오는 동안에도, 빛이 온 하와이에 넘실거렸다. 앉아 있는 벤치도 후끈후끈 뜨거웠다. 이런 곳에 살다 보면 좋은 것이 넘쳐서 자잘하고 사소한 일들에는 연연하지 않겠지, 하고 나는 생각했다. 로비에 걸린 멋들어진 하와이식 퀼트 대작을 보고는 조금 요령을 알 듯한 기분도 들었다. 다마히코의 퀼트에는 하와이 전통 퀼트를 조금 도입해서 디자인해 봐야지. 한 번은 시도해 보고 싶었으니까. 그런 생각을 하고 있는데 유키히코 씨가 차를 몰고 나타났다.

"두 시간 정도 드라이브 할 거니까, 자도 괜찮아요."

그가 명랑하게 말했다.

나는 시차 때문에 아직 흐린 머리로, '아, 이 사람 차를 운전할 수 있는 나이지.' 하고 떠올렸다. 문득 그런 생각이 든 것은 어째서일까, 의문스러워하면서.

호텔 문을 벗어나자 바로 큰길이었다. 빛이 온 섬에 신비로운 무늬를 새기며 비치고 있었다. 차는 남쪽을 향해 한없이 달렸다. 해변도 없는 적막한 길. 하와이 음악. 세계

틀어 놓은 에어컨. 허벅지에 닿는 강렬한 빛. 언젠가 어디선가 본 듯한 강한 빛과 그림자. 무수한 사람들이 저마다 이름을 새겨 놓은 하얀 돌이 검은 대지 위에 떠 있는 것처럼 보였다.

꿈과 희망을 새겼을 텐데, 그 모습은 마치 묘비 같았다.

"이 부근이 코나, 우리 집이 있는 곳. 오늘 돌아가는 길에 들릴 거죠?"

유키히코 씨가 말했다.

"네, 물론이죠."

절반은 꾸벅꾸벅 졸면서 나는 대답했다.

따끈한 빛에 부신 눈을 꼭 감고서 꾸벅거리다 곤히 잠들고 말았다.

꿈속에서 나는 어떤 답을 찾으려 하고 있었다. 이제 거의 알 것 같은데, 퍼즐의 마지막 조각이 꺼질 것 같은데, 싶었다. 기절한 것처럼 깊고 깊은 어둠에 빠졌다가 마침내 퍼뜩 눈을 떴을 때, 석양이 머지않은 신성한 빛이 온 사방을 소리 없이 뒤덮고 있었다.

"아, 깼어요? 길이 고르지 않아서 좀 덜컹거릴 테니까, 조심해요."

유키히코 씨가 말했다.

어느 시점부터 국도에서 벗어나 남쪽으로 내려가는 샛

길로 들어선 모양이었다.

내 눈에 신비로운 풍경이 잇달아 날아들었다.

모든 것이 너무도 고요해서, 소리 없는 세계에 있는 듯했다.

소와 말들이 금빛 초원 군데군데에 흩어져 풀을 뜯고 있었다. 바람이 세차게 불어 말갈기가 이리저리 휘날렸다. 그런데도 모든 것이 멈춰 있는 것처럼 보였다.

높이 솟은 풍력 발전소의 풍차가 물기 없는 빛을 반사하고 있었다. 그 광경이 벌써 오래전부터 사용되지 않아 쇠락한 폐허 같았다. 그 너머로는 최신식 풍차가 또 다른 각도에서 천천히 돌아가고 있다.

우주에 있는 듯한, 이 세상의 끝에 있는 듯한 묘한 감각에 사로잡혔다.

여기가 다마히코 엄마와 다마히코의 친아빠가 다시 만난 곳이란 말이지. 이런 곳에서 만나면, 현실이 하나같이 환영으로 느껴질 것 같았다. 껍질 벗은 진실만 보일지도 모르겠다.

나는 말했다.

"정말 신비로운 곳이네."

"특히 저녁때가 신비로워요. 세계의 끝에 있는 느낌이죠."

유키히코 씨가 말했다.

"곡을 만들러, 여기 곧잘 와요."

한 시간쯤 남쪽으로 달렸을까, 차를 주차장에 세우고 내리자 깎아지른 절벽이 보였다. 그리고 거기에서 두려우리만큼 짙은 색 바다가 출렁거리고 있었다.

"여기가 하와이 섬의 남단."

유키히코 씨가 말했다.

"굉장한 곳이네요. 이렇게 특별한 곳에는 처음 와 봐요."

절벽 아래로는 수영을 하거나 다이빙을 하는 사람들, 앉아서 바다를 보는 사람들, 해가 지기를 기다리며 한가로이 산책하는 사람들, 이런저런 사람들이 있었지만 모두 고요했다.

우리도 바다를 향해 나란히 앉았다.

분위기는 마치 연인 같았지만, 시야를 가득 메운 바다가 압도적으로 멋있어서 머릿속이 바닷물처럼 투명해지고 말았다.

시시각각으로 변하는 빛, 둥그런 태양이 천천히 오렌지색으로 바뀌어 파도 위에서 빛나는 구름 속으로 사라져가는……. 공항에서 다마히코 엄마가 했던 그 말이 몇 번이나 머리에 되살아났다. 예명인 유키히코? 분명히 그렇게 말했다. 문득 옆을 보고는, 나는 아까부터 생각했던 말을 그만 내뱉고 말았다.

"혹시…… 너, 다마히코지."

그렇게 말하고 그를 빤히 쳐다보았더니, 그도 휘둥그레진 눈으로 나를 보았다.

"어, 어떻게 알았어, 테트라?"

그가 말했다.

내 인생에서 가장 결정적인 순간 또한, 무슨 인연인지 그의 부모님과 똑같이 이 장소에서 맞고 말았다.

"역시! 왜 거짓말한 거야!"

나는 그의 소매를 잡아당기며 말했다.

"그게 여러 가지 이유가 많지만, 테트라가 내가 죽었다고 하면서 우니까, 우는 걸 보고서는 왜 그런지 죽은 걸로 해 두자는 생각이 들었어."

유키히코 씨……가 아니라, 다마히코가 말했다.

"바보, 멍청이, 사기꾼! 어쩐지 늘 핀트가 어긋나더라! 내가 지난 한동안 어떤 기분으로 지냈는지 알기나 해. 네가 죽었는지 알고 위가 아파서 아무것도 못 먹었다고."

나는 그렇게 말하고 그의 어깨에 얼굴을 묻었다.

살아 있었어, 역시 살아 있었어, 엄마 말이 맞았어, 살아 있었던 거야, 다마히코는 죽지 않았어. 이름도 다르고 까맣게 타고 우람해져서 잘 몰랐지만, 그 눈 속에 빛나는 것은 그리운 다마히코의 혼이었다. 살아 있었어.

눈물이 그치지 않았다. 다마히코가 내 어깨를 껴안았다.

"미안해, 테트라. 정말 미안해."

"흑흑……. 절대 용서하지 않을 거야. 그럼 유키히코 씨가 죽은 거야?"

나는 고개 숙인 채 코맹맹이 소리로 물었다.

"그래. 우쿨렐레를 연주하면서 노래하는 사람이 되고 싶어 했거든, 그래서 동생 이름으로 데뷔한 거야. 가사는 내가 지은 것도 있지만, 곡은 전부 동생이 만들었어. 그러니까 내 이름으로 데뷔하기도 좀 뭐했지. 그 녀석이 만들어 놓은 곡을 전부 발표하고 나면, 미련 없이 이 일을 그만두려고 했어."

"정말, 정말 이상한 짓을 하고 있네."

시간이 완전히 옛날로 돌아갔다. 여기 있는 사람은 몇 번 사랑을 나눈 적 있는 첫사랑의 연인, 그 옛날의 남자 친구였다.

"그를 추모할 방법이 그것 말고는 없는 것 같아서, 유키히코가 나보다 백 배는 우쿨렐레를 잘 쳤는데, CD를 준비하는 단계에서 떠나 버렸어, 발표도 못 하고."

"그럼 여자 친구가 있었다는 말은?"

내가 물었다.

"물론 유키히코의 여자 친구를 말하는 거지. 난 지금 애인 없어. 안심해."

다마히코가 말했다.

"맥이 빠진다, 왠지 맥이 쭉 빠진다."

나는 말했다. 짙은 파란색 바다가 점점 어두운 색으로 변해 갔다.

"하지만 사람 하나가 갑자기 죽었고, 내 안의 뭔가도 함께 죽었어. 그리고 내가 지금 그 녀석의 그림자로 살고 있다는 사실은 변함없어. 지금의 인생은 내 인생이 아니니까. 전혀 달라. 나도 우쿨렐레는 무척 좋아하지만 무대에 서면서 살 마음은 없어. 사람을 위한 시간, 사람을 위한 일이야. 즐겁지만, 지금은 그림자의 시간이야. 이거 말로 하면 폼 나지만, 말로 끝나지 않을 만큼 끔찍한 일이야. 밤에 꿈속에서 괴로워 몸부림칠 정도로 기분도 이상하고. 줄곧 미칠 것 같았어. 하지만 나, 원래가 융통성이 없으니까. 그리고 녀석을 위해서 할 수 있는 일이 이것밖에 없으니까."

다마히코가 말했다. 그렇게 생각하는 면은 변함이 없네, 했다. 어린애 같고, 천진난만하고, 조금은 핀트가 어긋나고, 철저한 점.

어느새 역시 그도 어른이 되어 있다. 내가 알지 못하는 면도 아주 많이 갖고 있는. 전에는 턱 언저리에 깎다 남은 수염도 없었고, 어깨도 이렇게 듬직하고 넓지 않았다. 거의 다른 사람이라 할 수도 있고 새로 만났다고 할 수도 있다.

나는 혼란스러웠지만 가슴속은 의외로 담담했다. 다마히코가 말했다.

"그리고 지금 내가 살아 있다는 단 하나의 증거는 테트라가 지금 여기 있다는 거야. 재미 삼아 오라고 한 거 아니야. 퀼트 정말 만들어 줄 거지, 엄마를 위해서도 말이야. 지금 우리 가족은 모두 유키히코에 관한 일을 하고 싶어 하고, 그런 일만 하고 있어. 아직은 추모하는 시간을 살고 있는 거지, 모두들. 달리 마음을 추스를 길이 없어. 그런데 거기에 너까지 함께해 주면 얼마나 마음이 든든하겠어."

"물론이지, 물론 만들 거야. 다른 일을 미루는 한이 있어도."

나는 말했다.

"고마워. 그리고 거짓말해서 정말 미안해."

조금은 부끄러운 듯이 다마히코가 말했다.

아까 차에서 내렸을 때는 유키히코 씨와 함께였는데 지금은 다마히코와 돌아간다.

차가 달리기 시작했을 때, 이상한 느낌이 들었다.

그렇다. 나는 운전할 수 있는 다마히코를 모르고 이렇게 피부가 까만 그도 모른다.

어떤 의미에서는 역시 모든 게 변한 거야, 싶었다.

다마히코 엄마는 코나의 중심 거리에서 조금 떨어진 모던하고 조그만 집에 살고 있었다. 안채와 별채인 아틀리에가 차분하게 서 있었다. 그녀가 만드는 공간은 늘 이렇게 고요하지만 윤곽은 분명하다.

옛날에 일본에 살 때도 그랬던 기억이 났다. 다마히코의 집에 그녀가 있으면 모든 것이 그녀의 조용함과 강함에 둘러싸여 있는 것만 같았다.

"다녀왔습니다."

그렇게 말하면서 다마히코가 현관문을 열었다.

다마히코 엄마는 부엌 옆 창가에 서 있었다.

한 손에 캄파리 소다 비슷한 액체가 담긴 잔을 든 채, 우리가 들어서자 퍼뜩 고개를 들었다. 가슴이 철렁하리만큼 아름다운 사람이라고 생각했다. 드러난 칼날처럼 박력 있는, 그런 점도 전혀 변하지 않았다.

다마히코는 이런 엄마와 있으면서 어쩌면 저리 태평할 수 있을까, 하고 나는 생각했다.

자기 몸을 지키기 위해서……. 그런 대답이 문득 떠올랐다.

"아, 테트라, 오해는 풀린 거야? 아까 우리가 얘기할 때, 앞뒤가 좀 안 맞았지?"

다마히코 엄마가 말했다.

"앞뒤가 안 맞는 건 이 사람이에요."

나는 낮은 목소리로 말했다.

"제가 깜빡 속았어요."

다마히코 엄마는 아하하, 하고 웃었다.

"역시 그랬군. 어쩌 얘기가 어긋나는데 정정하면 안 되는 건가 싶어서 애매하게 내버려 뒀는데. 애당초 다마히코가 요령이 없는 거지. 유키히코인 척하고서 만나다니, 바보같이. 그런데 요즘은 나도 가끔 어? 유키히코인가, 할 정도로 행동거지까지 닮게 군다니까. 하기야 원래 닮기도 했지만 서글픈 일이지. 어쩌다 이렇게 되었는지."

유키히코 씨에 대해서 나는 아무것도 모르지만, 그 사람이 없어 생긴 공간의 크기만은 몇 번이나 확인할 수 있었다.

"엄마는 요즘 너무 마신다니까."

다마히코가 말했다.

"저녁때가 되면 마시지 않을 수가 없어. 견딜 수가 없어. 오늘 밤에도 유키히코가 돌아오지 않는다니, 믿을 수가 있어야지."

다마히코 엄마가 말했다.

그 격정적인 성격 전부를 지금은 슬픔에 쏟고 있는 모

습을 보고서, 무슨 행동이든 하지 않을 수 없었던 다마히코의 심정도 점차 이해되었다. 유키히코 씨의 세계에 짓눌리다 못해 내게 은밀히 메시지를 보내지 않을 수 없었던 그의 마음도.

부엌에서 간단한 저녁 식사 준비를 돕고 있는 동안, 나는 내 몸이 그 리듬을 기억하고 있다는 것에 놀랐다.

빵을 자르고, 잠시 손을 쉬고, 맛을 보고, 그녀의 요리하는 방식과 타이밍, 그리고 간혹 엉덩이가 부딪치면 서로 미안하다고 한다. 모두 까맣게 잊었는데 몸은 그것을 기억하고 있었다.

접시를 꺼내 놓으면서 다마히코 엄마가 말했다.

"옛날 생각나네, 테트라. 어렸을 때도 이렇게 저녁 식사 준비하는 거 도와줬잖아."

"네, 툭하면 다마히코네 집에서 저녁밥을 얻어먹었죠."

나는 말했다.

다마히코 엄마는 부드럽게 미소 지었다.

알게 모르게 서로가 각기 다른 시간을 지내 왔다는 사실이 절실하게 전해지는 미소였다.

"지금, 옛날 생각이 너무 많이 나서 정말 쓰러질 것 같아요."

내가 말했다.

유키히코 씨와 함께 지냈던 그들의 시간을 나는 모른다.

내가 잘 아는 이 사람들에게, 내가 전혀 모르는 측면이 있다. 아주 오래전부터 친구였던 것처럼, 줄곧 여기 있었던 것처럼 당연하게 테이블에 마주 앉아 있지만, 다르다. 나는 그 차이를 기록하기 위해 여기에 온 것이다.

식사가 끝나자 다마히코 엄마는 와인 병을 들고 아틀리에로 가 버렸다.

"자고 가, 짐이 마음에 걸리면 내일 아침에 가지러 가면 되잖아? 왜 여기서 묵지 않니? 호텔은 취소해."

다마히코 엄마가 부엌에서 나가면서 말했다.

"어머니 말씀대로 할까, 그편이 퀼트 제작하는데 좋을지도 모르고."

나는 말했다.

"아무 문제없어. 엄마는 거의 아틀리에에서 지내고, 이 집에는 유키히코의 방 말고도 손님방이 따로 있으니까."

다마히코가 말했다.

"엄마는 자다가 눈뜰 때가 가장 슬프다면서 제대로 자려고 하질 않아. 잠시 잠시 눈을 붙이는 정도고, 나머지 시간에는 아틀리에에서 거의 나오지를 않아."

"걱정스럽겠네."

나는 말했다.

"하지만 그럴 수밖에 없는, 필요한 기간인지도 모르지."

다마히코가 말했다.

"일 때문에 들락거려야 하니까 날마다 안내해 줄 수는 없지만, 마음 편히 묵어."

다마히코가 말했다.

"다마히코, 혹시 너 요새 일이 무척 바쁜 거 아니니? 내가 괜히 폐 끼치는 거 아니야?"

나는 말했다.

"바빠. 하지만 내 인생에서 지금뿐이니까 괜찮아."

그가 말했다.

"다마히코가 다마히코로서 하고 싶은 일은 뭔데?"

내가 물었다.

"음, 스튜디오 뮤지션? 지금처럼 일하는 거 말고 다른 사람 녹음할 때 연주해 주고 도움이 되는 게 성격에 맞아. 라이브는 재미있기는 하지만, 역시 그렇게 좋아하지는 않아. 사람들 앞에 나서는 건."

다마히코는 커피 컵을 들고서 고개를 기울이며 말했다.

옛날과 똑같은 동작이어서, 현기증이 날 것 같았다.

"그러니까 지금 하는 일보다 훨씬 소박한 일이 하고 싶은 거구나. 음악 하는 사람들은 어지간히 밴드를 좋아하지 않는 한 다들 솔로로 하고 싶어 하는 줄 알았는데, 무대에 서고 싶어 하는 줄 알았어."

나는 말했다.

"아니지, 사람들 앞에서 노래하는 거, 완전히 유키히코로 둔갑하지 않고는 절대 못 해."

유독 단호하게 다마히코가 말했다.

"유키히코에게는 타고 난 아우라 같은 게 있었어. 저기 마당에서 종종 연주를 했는데, 많은 사람들이 들으러 왔지. 그런 때 반주하는 게 나는 가장 행복했어."

"어떤 사람이었는데? 사진 있어?"

내가 물었다.

"있지, 잠깐 기다려."

다마히코가 그렇게 말하고서 방을 나가더니 커다란 액자를 들고 돌아왔다.

"여기, 이게 유키히코."

정말이네, 다마히코와 조금 비슷해. 그렇게 생각했다.

하지만 좀 더 열린 분위기에 눈이 크고, 좀 더 영리하고 섬세하면서 건전해 보였다.

"아, 그렇구나. CD 재킷 사진 이 사람이었어, 이제 알겠다. 사진이 좀 흐릿하고 선글라스를 끼고 있었지만 너는 아니었어. 그래서 내가 너를 몰라봤나 보다."

나는 말했다.

"응, 유키히코 사진을 쓰고 싶었어. 엄마도 이 정도면 잘 몰라보겠다고 했고, 최대한 나랑 비슷하게 찍힌 사진을 고른 거야. 그러니까 그 사진보다는 이 사진이 진짜 유키히코에 가까워. 이런 느낌이었어……. 그런데 슬프다, 만날 수 없는 사람 사진은 어떤 사진이든 아무튼 슬퍼."

그렇게 말하고 다마히코는 눈물을 그렁거리며 사진을 돌려놓으러 갔다.

상처 입은 사람들만 있는 집은 유난히 고요하고 공기가 깨끗했다. 슬픔에 집중하고 있어, 다른 잡념은 들어올 수 없는 것이리라.

나는 공유할 수 없는 슬픔의 무게보다는 다마히코가 살아 있다는 기쁨으로 마음이 터질 듯해, 내가 이 장소에 어울리지 않는 존재라고 느꼈다.

"같이 보자고 하지 않을 테니까, 그를 찍은 영상이 있으면 빌려 줄래?"

나는 말했다.

"꼭, 확실하게 돌려줄게."

"찾아 볼게. 내 방에 있을 거야. 같이 갈래?"

다마히코가 말했다.

"하지만 같이 보는 건 역시 힘들겠어. 생각만 해도 울음이 나올 것 같아."

"미안해."

나는 말했다.

"어쩔 수 없지."

그렇게 말하면서 다마히코는 벌써 울고 있었다.

그 떨리는 어깨를 안고 위로해 주면서도 나는 다마히코가 내 품 안으로 돌아왔다는 사실의 굉장함을 음미했다. 뭘 하고 있는 거지. 왜 이런 곳에 있는 거지. 왠지 걸려든 듯한 기분도 들고 의미가 있는 듯한 기분도 들었다. 깊이 생각하지 않는 편이 좋다는 것만은 알고 있었다.

"가족끼리 친밀하면 이런 때 힘겨운 것도 백배야."

눈물을 닦으면서 다마히코가 말했다.

"그래도 그건 좋은 힘겨움이야. 소중한 일이야. 당사자는 그렇게 생각하지 않을지 몰라도."

나는 그렇게 위로했다. 그런 말에 아무런 의미가 없다는 것은 알았지만.

다마히코의 방은 마치 소규모 스튜디오 같았다. 녹음용 기자재가 많고 레코드와 CD가 어지럽게 쌓여 있었다.

조그만 책상 위에는 매킨토시 노트북이 놓여 있고, 그 주위에도 잡지와 CD가 산더미처럼 쌓여 있었다. 그리고 어쿠스틱 기타 하나와 우쿨렐레 셋.

책상 앞에 테이프로 대충 붙인 낡은 사진 몇 장이 있는데, 자세히 보니 내 사진이었다.

"우와, 새삼스럽다. 왜 이런 걸 붙여 놨어?"

얼굴을 붉히며 내가 물었다.

"창작의 원천이니까."

다마히코가 정색하고 대답했다.

"볼래? 내가 쓴 가사 노트, 거의 너에 대해서 노래한 것들뿐이야."

그렇게 말하고 그는 책꽂이에 꽂힌 몇 권이나 되는 노트 가운데 한 권을 꺼내 보여 주었다. 빼곡하게 적힌 흔하디흔한 사랑 노래들의 가사, 그 안에 살아 있는 어린 시절의 나.

"이건 내가 아니지, 네 머릿속의 나야."

나는 말했다.

"그래, 내가 미친 거지. 벌써 십 몇 년이나 지났는데."

다마히코가 말했다.

"하지만 어둡고 길었던 사춘기 동안에 오직 너 하나만 내 버팀목이었어."

"고마워, 하지만."

그렇게 말했다.

다마히코의 노트에 그려진 나, 거기에 재현된 내 말 하나 하나, 내 몸의 특징들, 낡은 앨범에 담겨 있는 옛날 내 사진. 끔찍한 양의 추억이 거기에 보존되어 있었다.

사실은 기분 나쁘게 생각해야 마땅했는지도 모른다. 어떻게 봐도 이상하니까. 그런데도 왠지 그렇게 싫지는 않았다. 그렇다고 기분이 좋은 것도 아니었다. 받아들일 수 있는 뒤틀림이랄까, 그런 느낌이었다.

"하지만 뭐?"

"이건 이미 내가 아니야, 나를 벗어나 있어."

나는 다시 한 번 말했다.

다마히코는 그 말은 무시하고서, 비디오와 DVD 더미를 뒤적거렸다. 그리고 말했다.

"유키히코도 잔소리가 많았어. 가사가 너무 어둡고 너무 달콤하다, 하와이의 자연을 노래한 게 아니라서 하와이의 멜로디에 얹기 어렵다고. 그래서 많이 퇴짜 맞았는데, 네 편지만은 오케이였어. 테트라에게도 재능이 있는지 모르지."

"그것도 역시 옛날의 나지."

나는 웃었다.

다마히코의 방 벽에 걸려 있는 액자를 보니, 밤중에 도망치던 그날 절박하게 쓴 편지가 담겨 있었다. 아, 수첩에서 뜯어낸 그 한 장, 지금에야 이 가슴에 뚫린 구멍의 모양에 딱 맞는 종이쪽지가 돌아왔다고 생각했다.

나는 이제 내가 살고 싶은 장소에 살 수 있고, 부모의 경제 사정에 휘둘리는 일도 없고, 혼자서 비행기를 타고 그를 만나러 올 수도 있어. 옛날에는 도쿄와 군마 간인데도 오가기가 그렇게 쉽지 않았는데!

그렇게 생각했더니 갑자기 행복감이 끓어올라, 내 안에 있던 감정의 미묘한 막힘이 떠밀려 가고 말았다. 지금이 중요해, 지금의 다마히코가, 비록 동생을 대신한 일을 하고 있지만, 남의 인생을 사는 기간이지만, 아무튼 살아 있다는 사실이.

"저 액자, 부끄럽다, 떼어 내."

나는 말했다.

"이렇게 다시 만났으니 됐잖아."

"싫어, 저때의 테트라는 나만의 것인걸. 아무리 너라도 지금은 어떻게 할 수 없어."

그렇다, 이 위화감. 줄곧 이 위화감을 느꼈다. 줄곧 생각하면서도 말하지 못했다.

눈앞에 있는 이 사람은 유키히코 씨의 엷은 그림자.

그리고 나는 그 옛날 나의 유령.

이곳은 살아 약동하는 것이 하나도 없다는 인상이 짙다.

이곳에 계속 살면, 우리 사이에 있었던 소중한 무언가

가 끝나 버릴 확률이 상당히 높으리라.

그에 관해 무슨 말을 하려다 모두가 가엾게 느껴져서 말하지 못했다.

옛날의 나도 그렇다. 나는 딱히 다마히코와 헤어지고 싶지 않았다.

다마히코와 나 사이에 있었던, 소박하고 예쁜 것을 소중히 간직하고 싶었다. 그런데 노골적인 눈으로 쳐다보며 노리는 사람과 같은 집 안에 살면서 나의 인격이며 아이다움은 싹 무시되고 여자로서만 비치며 지내다 보니, 아이들끼리 나눈 귀여운 사랑이 어린애 장난처럼 여겨지고 말았다. 마치 나만 힘들고 나만 어른이라는 식으로 마음을 닫고 말았다.

나도 가능하다면 계속해서 사귀고, 고등학교를 졸업하면서 바로 결혼하고 싶었다. 아이도 다섯쯤 낳고, 이 사람은 이제 진절머리가 난다고 생각하면서도 여전히 별나고 태평한 그를 어쩔 수 없이 사랑하고, 창작 퀼트 따위는 꿈도 꾸지 않고 취미 삼아 어린애 옷이나 만들고 싶었다.

하지만 인생은 야반도주를 했던 그날부터 조금씩 어긋나고 말았다. 처음에는 사소한 어긋남이었지만, 돌이킬 수 없었다. 그 싸늘한 밤바람 속에서 나는 현실과는 다른 차원으로 이어지는, 기묘한 틈새를 보고 말았던 것이다. 그것은 아마도 다마히코 엄마가 보며 살았을 가혹한 어떤 것.

무슨 말을 하는 대신 나는 다마히코를 물끄러미 쳐다보았다.

그 사인을 잘못 해석한 다마히코가 나를 살며시 껴안았다.

이게 아닌데. 하지만 이런 점도 변하지 않았군, 하고 생각했다.

"결혼하자."

다마히코가 말했다.

"바보."

나는 말했다.

"다마히코의 인생으로 돌아온 후에 생각해."

"그렇지, 지금은 다른 인생을 사는 도중이었지. 잠깐 깜박했네."

다마히코가 웃었다. 웃는 얼굴이 귀여웠다.

"바보."

나는 또 말했다.

다마히코의 가슴과 입술 감촉은 조금도 변하지 않아, 푸근했다.

어지러운 바닥 위에서 우리는 격렬하게 사랑을 나눴다. 아무것도 변하지 않은 척하면서. 하지만 실제로는 그의 어깨며 햇볕에 탄 피부며 모든 것이 옛날과 달랐다. 나 역시 완전히 달라졌겠지. 그럼에도 무언가 놓친 것을 되찾고 싶은 마음이 귀엽게 빛나고 있었다.

"유키히코 씨 방을 볼 수 있을까? 이 집에 있어?"
절반은 벗은 상태로 나는 물었다.
"그럼, 물론이지."
다마히코가 대답했다.
복도 제일 끝에 있는 방까지 말없이 걸었다.
"나 미안하지만 울지도 몰라. 그렇게 멋진 일이 있은 후인데 그래도 우울해질지 모르겠어."
다마히코가 말했다.
"여기 이 문을 열면 늘 음악이 있고, 유키히코가 의자에 앉아서 우쿨렐레를 켜고 있었어. 유키히코는 언제나 지금 바쁘다거나 문 닫으라는 말 한마디 없이 나를 받아 주었지."
그리고 문을 열었다.
주인 없는 방의 문이다. 방 안에는 한낮의 열기가 고여 있었다.
다마히코가 창문을 열자 밤바람이 휙 방으로 불어들었다. 불을 켜니 깔끔하게 정리된 방 전체가 보였다.

사우스포인트의 연인 135

"죽었다고, 그래서 이렇게 깔끔하게 정리한 거야?"

왠지 그 엄마라면 이러지 않았을 것 같았다. 방은 유키히코 씨 살아 있을 때 모습 그대로 둘 사람이라고 생각했다.

"아니, 녀석, 나랑은 달라서 깔끔한 걸 좋아했거든."

다마히코가 말했다.

책은 모두 모서리가 가지런하고, 방대한 양의 CD는 알파벳 순서대로 꽂혀 있고, 상표는 모르겠지만 비싸 보이는 오디오 세트가 신주 단지처럼 방을 채우고 있고, 책상 위에는 반짝반짝 빛나는 카마카 사의 우쿨렐레가 조르륵 놓여 있다. 집에 들어오면 언제든 켤 수 있게 하기 위해서였을 것이다. 가슴이 아팠다.

무대에서 동료들과 함께 찍은 사진 한 장이 단단한 코아나무 액자에 담겨 있고, 그 옆에는 풍만한 여자 친구와 바닷가에 나란히 있는 사진이 있었다. 일본계인 듯 검고 긴 머리에 피부는 코코아색인 그녀는 다소 그늘이 있는 미인이었다.

"아, 뭐랄까, 유키히코 씨, 정말 멋진 사람이었나 보네."

내가 말했다.

"음, 지금 그 말, 좀 거슬리는데. 눈물이 쑥 들어갔어."

다마히코가 말했다.

"나랑은 다르다는 뜻이야?"

"응, 분명히 말해서."

나는 웃었다.

"이 사람으로 둔갑하려 한들, 그렇게 되겠어."

"테트라, 입이 거친 건 여전하구나."

다마히코가 말했다.

"그래도 네 말이 맞아, 나랑은 전혀 달랐어. 야무졌다고 할까, 여러 가지 의미에서 훨씬 샤프하고 사람들에게 사랑받는 타입이었어."

내 머릿속에서 벽에 걸 만한 크기의 퀼트 디자인이 조금씩 형태를 잡아 갔다. 노랑과 초록을 기조로 하고, 테두리는 식물 무늬로 빙 두르고, 하와이식 퀼트의 분위기도 살짝 도입하고……. 그렇게 생각하자 조금은 가슴이 설렜지만, 그것이 더없이 슬픈 작업이라는 사실을 깨우치게 되는 순간이 있었다. 죽은 사람을 생각할 때 특유의 아득한 느낌이 있었다.

나는 그 사람을 모르니 감정에 흔들려 봐야 소용없다, 그렇게 생각하고서 늘 투명한 나를 유지하려 한다. 투명한 자신을 매체로 하늘과 이 세상을 잇는다, 그렇게 생각한다. 살아 있는 사람의 생일이나 정정하게 살아 있는 할아버지 할머니의 생일을 위해 만드는 퀼트는 그야 물론 행복하지만 기간이 정해져 있으니까 마냥 느긋할 수는 없다.

죽은 사람을 위한 일은 시간을 얼마든지 들여도 괜찮다. 그 대신 내 쪽에 조금이라도 불순한 구석이 있으면 의뢰인이 반드시 그 점을 간파한다. 상대가 실망하지 않도록 만들어야 내 안에 단단한 어떤 것이 생겨난다. 이번에도 그럴 수 있기를, 하고 나는 기원했다.

"이 비디오테이프, 정말 도쿄로 가져가도 괜찮은 거야?"

"그럼, 오랫동안 빌려 봐도 아무 상관없어. 그런데 퀼트를 여기서 만들 수는 없는 거야?"

"여기서 천을 사러는 다닐 거야. 그리고 하와이식 퀼트 자료도 수집해야 하고. 내일은 그 일을 하고 싶으니까 차 한 대 빌릴게. 하지만 여기에는 작업대도 없고, 천에 따라 한 번 물에 씻어야 하는 것도 있고, 내 거대한 다리미도 필요하고, 또 디자인에 따라서는 후프라는 둥그런 틀에 끼워야 할 때도 있어. 퀼트, 상당한 육체노동이야. 물론 디자인 정도는 여기서 생각할 수 있지만."

우쿨렐레를 카메라에 담으면서 나는 말했다.

"일하는 테트라는, 내가 모르는 새로운 테트라로군."

다마히코가 유키히코 씨의 쿠션에 앉아 그렇게 말했다.

여기 그렇게 앉아 있던 그를 상상해 보니 많은 것을 알 수 있었다.

"나 역시 너에 대해서 똑같은 생각이야. 나야 물론 진지하게 작업하지만, 이 일은 대상이 있어야 가능한 데다 취미의 범주를 벗어나지 않으니까 어린애 장난 같다는 걸 나도 알아. 알지만 그래도 성실하게 해야지. 그런데 다마히코는 지금 이대로 활동을 계속하겠다는 생각은 정말 없는 거야?"

내가 물었다.

"설마. 혹시 내가 그러기를 바라는 거야?"

다마히코가 말했다.

"아니, 좀 가혹한 일이니까 찬성은 안 해. 다만 인기를 얻게 되면 그 후에는 발을 떼기가 어려울 수도 있겠다 싶어서."

"도쿄 사람다운 생각이로군."

다마히코가 웃었다.

"여기서 살다 보면 부족한 게 없으니까 잃을 것도 없게 돼. 목숨 말고는. 난 아무튼 유키히코가 남긴 작품에 꼴을 갖춰서 세상에 발표하고, 그중에는 내 가사에 같이 곡을 붙인 것도 있으니까 그런 것까지, 앨범에 싣지 못한 곡은 라이브에서 선보이고, 그러다 알게 모르게 쓰윽 사라질 수 있다고 생각하는데. 그렇다고 이 시기를 딱히 고통스럽게 보내는 건 아니야. 유키히코와 함께 무대에 선 기분이 들어서 행복하기도 하고 내 연주나 노래 실력을 닦을 수도 있잖아. 하지만 나 자신은 아까도 말한 것처럼 믹서가 요청해서 스튜디오에서 잠깐잠깐 연주하는 쪽이 훨씬 좋아. 그 일로 먹고살 수 있을 정도의 인맥과 실력도 갖고 있어."

"그렇구나, 이 섬이 얼마나 풍요로운지를 잊고 있었네. 도쿄에서 음악 활동하는 모습밖에 몰라서."

나는 말했다.

비록 우리는 유령이지만 그런 나름으로 시간이 해동되어 이제야 자연스러운 흐름을 되찾았다. 오히려, 지금까지 내가 뭘 했던 거지, 생각했다. 다마히코가 없었던 기간, 나는 뭘 했나. 긴 꿈이라도 꾸고 있었던 것일까. 자신을 얼버무리고 있었다고 해야 할까.

"유키히코가 없는 지금 이 집에 살면서 이곳을 관리하고 음악 활동하는 거 딱히 내가 안이해서는 아니야. 엄마는 일 때문에 지금도 하와이와 이탈리아와 일본을 오가고 있으니까, 가족끼리 서로 돕는 거라고 생각해. 전에도 말했지만 이 집은 에이즈에 걸린 우리 부모님 친구가 상태가 상당히 나빠졌을 때, 캘리포니아에 있는 꽤 괜찮은 호스피스로 주거를 옮길 자금을 마련하려는데 이 집을 사랑하는 사람이 아니면 팔고 싶지 않다면서 엄마에게 헐값에 넘겨준 소중한 집이야. 그리고 기요 아저씨 기억나? 도쿄 집에는 지금도 그가 살고 있어서 언제든 묵을 수 있어."

다마히코가 말했다.

"아, 옛날 생각난다. 보고 싶네. 잘 지내, 기요 아저씨?"

나는 말했다.

"지난번에 일본에 갔을 때도 죽 거기 묵었어. 너에게는 말 안 했지만. 지금까지 일본 갈 때마다 몇 번이나 그 집에 묵었는데, 이번에는 특히 옛일이 그리워서 미칠 것 같았어."

다마히코가 말했다.

"다음에 일본 가면 다 같이 밥 먹자."

"호라이야에 또 돈가스 먹으러 가자."

나는 살며시 웃었다.

"그렇게 생각하면 여기저기 부동산을 갖고 있는 것보다 훨씬 행복할 것 같아, 너희 어머니 인생."

나는 말했다.

"쓸데없는 것 같아도 전부 조금씩 이어져 있다고 할까, 어떤 의미에서는 엄청나게 견실한 거겠지."

다마히코가 말했다.

"정말 성실한 사람이라고 생각해."

"내 생각도 그래."

나는 말했다.

"그러니까 우리 결혼해서 여기서 같이 살자. 결혼하면 너도 영주권 딸 수 있어."

다마히코가 말했다.

"말은 고마운데, 영주라는 게 뭐랄까, 거짓말 같다고 할까, 있을 수 없는 일이랄까."

나는 말했다.

"너무 깊이 생각하지 마."

다마히코가 말했다.

무슨 소리, 좀 더 깊이 생각해야지! 나는 그렇게 생각했지만 다마히코가 원래 그러니 어쩔 수 없었다. 그래서 꾹 참고 그 말은 하지 않았다.

"그럼 유키히코 씨 추모 기간이 끝나면, 그때 다시 생각하면 되겠네?"

나는 말했다.

"싫어. 마음속까지, 남에게 빌린 시간을 살고 싶지 않다고."

다마히코가 말했다.

나는 퍼뜩 놀랐다.

그렇다. 어렸을 때도 몇 번이나 이렇게 놀랐다. 다마히코는 언제나 마지막 선에서는 자신을 무너뜨리지 않았다.

그래서 그의 입에서 나오는 마지막 말은 항상 단순하고 간결하고 더 이상 깎아 낼 것이 없었다.

사실은 아까부터 다마히코의 이런 사고방식이 참 좋았

고, 깊이 생각하는 내가 오히려 빼딱하고 속좁다고 생각하고 있었다. 올바르고 도덕적이며 진지하게 생각하는 듯해도 내 생각은 나를 지키기 위한 것일 뿐, 죽은 동생을 위해 자신의 인생을 미련 없이 내던졌으면서도 희생하는 쪽으로는 가지 않는 다마히코가 훨씬 굳건하다.

그렇다고 해서 당장 짐을 싸 이 별난 가족의 일원이 되고 싶은 마음은 없었다. 태국의 산악 민족촌으로 시집가는 것보다 한결 난감할 것 같았다.

많은 일들이 한꺼번에 벌어져 머리가 잘 돌아가지 않았다.

하지만 이런 정도가 딱 적당하리라. 하와이의 달콤한 밤바람과 바다 내음, 햇볕에 타 따끔따끔한 어깨와 맨발과 샌들로 종일을 지내 딱딱해진 발바닥. 그런 것들에 마침 알맞게 머리가 마비되어 마음이 무척 푸근하다.

"그럼 일단은 자주 오기로 할게. 그렇게 해야만 될 거고."

나는 말했다.

다마히코는 당연하다는 듯이 고개를 끄덕였다. 그리고 유키히코 씨의 우쿨렐레를 집어 들고 치기 시작했다. 나는 벽에 기대어 잠자코 그 소리를 들었다. 이 세상에서 천국의 소리를 내는 유일한 악기라고 생각했다. 오직 이 섬들의 자연을 표현하기 위해 생겨난 악기다.

그 방에 있는 동안, 유키히코 씨의 흔적이 우리를 부드럽게 감쌌다.

다마히코가 일이 있다면서 아침 일찍 나갔다.

그날은 내게도 중요한 일이 있었다. 하와이 전통 퀼트 가게에 가서 책을 사는 것, 에코 퀼팅이라고도 하는 하와이식 퀼트 특유의 자수 폭을 잡는 법을 연습하는 것, 다마히코 엄마의 아틀리에에 가서 슬픈 사연을 취재하는 것. 계속 몸을 움직이고, 머리로만 형태로만 생각지 않는 것. 이 사람들의 소중한 사람이 죽은 후니까.

우선은 다마히코 엄마의 일정을 물으려고 손님방을 나섰다. 사방이 너무 밝은 탓에 복도가 캄캄해서, 여기가 남국이라는 것을 실감했다. 아는 사람들의 냄새가 나서, 마치 나 역시 여기서 오래도록 산 것 같다고 생각했다.

그녀는 마침 일이 한 매듭 지어졌는지 부엌 창가에서 밀크 티를 마시고 있었다. 나를 보고는 싱긋 웃고서, 밀크 팬에 남아 있는 차를 데우려고 가스레인지 앞으로 가 불을 붙였다.

그 동작 하나하나가 아주 강렬한 이미지를 지니고 있는 듯 여겨졌다. 윤곽이 애매한 부분이 없다. 그렇다고 깐깐해서 다가서기 어려운 것도 아니다.

"유키히코 씨에 대해서 물어봐도 될까요?"

나는 말했다.

"그럼, 되고말고. 그런데 조금 궁금한 게 있는데. 테트라 말이야, 가령 유키히코가 좋아하는 물건이나 추억의 장면을 나에게 물어서 그걸 퀼트에 예쁘게 새겨 넣는 그런 사람이었나? 그러니까, 나쁘게 말하려는 건 아니고, 그렇게 건전한 사람이었나 하고."

다마히코 엄마가 물었다.

"그렇지 않죠."

나는 한마디로 대답했다.

"그렇지."

다마히코 엄마가 말했다.

"그럼 안심이네. 이제 뭐든 물어봐도 괜찮아."

"제가 들어서 아는 한, 뭐랄까 유키히코 씨는 결점이 너무 없어요. 좋은 느낌밖에 들지 않아요. 그런 사람이 과연 있을지. 혹시 그런 사람이라서 그렇게 일찍 하늘의 부름을 받은 걸까요."

나는 말했다.

"음, 글쎄, 물론 상당히 훌륭한 아이였지만, 테트라, 어제 유키히코의 여자 친구 만났어?"

다마히코 엄마가 물었다.

"아니요."

나는 말했다.

"그럼, 만나 봐. 그럼 유키히코에게도 결점이 있었다는 걸 알게 될 거야. 그렇게 굉장한 여자에게 푹 빠져서 죽기 전까지 계속 사귀었으니까."

다마히코 엄마는 금방이라도 깔깔 웃을 듯한 표정으로 말했다.

"알겠어요."

친해서 그런 투로 말할 수 있다는 건 알겠지만 나는 조금 놀라웠다. 이래서야 만나 보는 수밖에 없다.

"마리코라고 하는데, 자기 집에서 가까운 팬케이크 가게에서 일하고 있어. 오후 2시면 일단 일이 끝나니까, 가서 만나 봐. 미리 연락해 놓을게."

다마히코 엄마가 말했다.

"저 말이야, 다마히코는 올빼미 체질이라 밤늦게까지 안 자고 아침에는 만날 늦잠을 자는데, 유키히코는 반대로 일찍 자고 일찍 일어났어. 그리고 내게 밀크 티를 끓여 주었지. 지금 내가 마시는 것처럼. 그런데 그 맛은 도저히 낼 수가 없네. 기억도 점점 멀어져 가고."

그리고 소리 없이 울었다.

나는 말없이 불을 끄고, 다마히코 엄마가 준비해 놓은

내 찻잔에 차를 따르고, 그녀 손에서 찻잔을 받아들어 거기에도 3분의 1 정도를 따랐다.

"저, 다마히코 어머니."

나는 말했다.

"마오 씨라고 불러도 된다니까. 테트라는 어차피 우리 며느리로 올 거잖아, 귀찮게 뭘 그렇게 불러."

다마히코 엄마는 눈물을 흘리면서도 살짝 웃었다.

"그래도 좋다. 누군가가 떠나가도 누군가가 또 오니까. 그러고는 새로운 날들이 시작되고. 과거가 두 번 다시 돌아오지 않는다는 것은 안타깝지만 새로운 일이 있으면 기분도 조금은 밝아지고."

아직 그렇게 결정하지 않았다니까요. 다마히코가 다마히코라는 것도 어제 막 알았다고요. 그렇게 말하고 싶었지만 잠자코 있었다.

부엌에 난 이 창문으로 보이는 아단나무가 벌써 눈에 익어 가고 있었다.

호텔도 아니고, 방문객으로 신세를 지고 있는 것도 이제는 아니다. 가족 같은 눈으로 보고 있었다.

창살에 희미하게 낀 먼지조차 친근하게 느껴졌다. 어제 다마히코가 마룻바닥에 나를 뉘었을 때, 이 집의 일부가 되었다는 그런 기분이 들었다.

이제 돌아갈 수 없다, 어차피 돌아갈 수 없다고 생각했다.

좀 더 신중하게 움직일 수는 없었을까, 그런 마음은 들지 않았다. 오히려 어쩔 수 없지 않았나, 하는 생각이었다.

지금은 오래도록 나를 꿈꿔 왔던 다마히코를 실망시키는 일만이 두려웠다.

"그런데요, 다마히코 어머니."

나는 말했다.

"혹시 어머니는 제가 만든 퀼트가 유키히코 씨가 없어서 허전한 여러분을 위한 것이라고 생각하세요?"

"어, 그럼 아니야?"

다마히코 엄마가 말했다.

"내가 너무 울적해하니까, 그리고 다마히코는 테트라를 만나고 싶은 마음도 해소되니까 일거양득이라고, 그래서 부탁한 줄 알았는데."

"그렇지 않아요. 물론 여러분을 위한 것이죠. 하지만 이 경우, 전 다른 누가 아닌 유키히코 씨를 위해 만들어요. 유키히코 씨가 외롭지 않게. ……관에 뿌리는 꽃 같은 의미로."

나는 말했다.

"그렇구나, 그랬구나. 그렇다면 더욱 좋지."

다마히코 엄마는 눈물을 흘리면서도 또 살짝 웃었다.

아침 햇살은 마치 파도 치는 해변에서 빛나는 모래처럼

반짝거리며 창밖의 나뭇잎을 흔들고 그녀의 부은 눈과 야윈 볼을 비추었다.

나는 두근거리는 가슴으로 팬케이크 가게 '팬케이크 꽃'을 향했다.

카운터 자리가 여섯 개에 테이블은 딱 두 개밖에 없는 조그만 가게는 무수한 꽃으로 장식되어 있었다. 자택 일부를 가게로 쓰는 건지, 가게 뒤에 안채로 보이는 단층집이 등을 기대듯 서 있었다.

점심때가 끝났을 시간인데 가게 안은 아직도 북적거리고 계산대 앞에는 많은 사람들이 줄을 서 있었다. 여기서 주문을 하고 만들어지는 대로 받는 건가 보네, 하고서 나도 줄 끄트머리에 섰다.

유리 너머로 보이는 주방에서는 일본 사람으로 보이는 투실투실한 아줌마가 어마어마한 속도로 팬케이크를 쉴 새 없이 구워 댔다. 그들의 손에서 팬케이크가 마술처럼 줄줄이 완성되었다. 옆에서 거드는 혼혈 남자는 얼굴이 꼭 닮은 걸로 봐서 아마 아들인 듯했다. 엄마는 일본계이고 아빠는 백인일 테지, 하고 짐작했다. 완성된 팬케이크는 날래게 접시로 옮겨지고, 전표가 하나둘 처리된다.

동그랗게 부푼 팬케이크가 참 맛나 보였지만 세 장이나

쌓여 있어 그 양이 엄청났다. 토핑까지 얹으면 다는 못 먹을 것 같아 플레인을 주문하기로 했다. 이 섬에서 지내다 보면 순식간에 가게 아줌마만 한 크기로 변할 것 같았다.

내 차례가 와서 아르바이트 생으로 보이는 열여섯 살쯤 된 여자아이에게 주문을 하는 순간, 카운터 안쪽에 있는 부엌문 같은 곳으로 사진으로만 본 여자가 들어왔다.

정말 굉장한 사람이었다. 나는 한눈에 그 여자가 유키히코 씨의 여자 친구라는 것을 알 수 있었다. 그렇게 굉장한 엄마에게서 태어난 그의 마음속 어두운 부분의 크기까지 보는 듯한 느낌이었다.

온몸 가득하게 발산되는 부정적인 아우라가 정말 대단했다. 순간적으로 그녀와 있으면 평생 행복할 리 없고, 자아를 잃어버린 채 한없는 나락으로 떨어질 뿐이겠다는 기분이 들었다. 어제 본 사진에서는 그런 박력이 조금도 전해지지 않았다. 언뜻 보기에는 조금 살찐 아시아 아르젠토 같은데, 아무튼 전체적인 분위기가 무거웠고 그 음울함과 어두움이 크나큰 매력이었다. 내 마음은 바닥 없는 늪에 빠지듯 그녀의 세계로 끌려들어가고 말았다.

그녀는 영어로 "후, 덥네."라고 말하고는 불쑥 고개를 들고 그 큰 눈으로 나를 보았다. 가지런히 자른 앞머리 속에서 이 세상에가 가장 쓸쓸한 밤 같은 눈동자가 나를 쳐다

보았다.
"아, 다마히코가 좋아하는 사람이다."
그녀가 일본말로 말하면서 카운터의 조그만 문을 열고 내 쪽으로 다가왔다.
"그렇지? 당신, 다마히코의 첫사랑 맞지? 그 편지를 쓴 사람?"
나는 말없이 고개만 끄덕였다.
그러다 우리 때문에 주문을 받지 못해 줄이 더 길어졌다는 것을 알고는 둘 다 움찔했다. 그녀와 눈을 마주하고 있던 시간이 무척이나 길게 느껴졌다.
"앞으로 한 시간이면 일 끝나니까, 기다려 줄래?"
그녀가 말했다.
"마리코 씨를 만나려고 왔어요. 기다릴게요."
나는 말했다.
그녀는 씩 웃고는 카운터 안으로 사라졌다.
그뿐인데도 나는 그녀를 사랑하게 된 것만 같았고, 그녀가 웃어 준다면 무슨 일이든 할 수 있을 것만 같았다. 자신의 강점과 맹점을 철저하게 아는 사람 특유의 영리함이 그녀의 매력을 더욱 돋보이게 했다.
나는 팬케이크와 아이스커피를 들고서 바깥 벤치에 앉았다.

팬케이크는 정말 맛났다. 메이플 시럽과 꿀과 사탕수수를 합친 듯한 맛의 시럽이 뿌려져 있고, 따끈하고 잘 부풀어 있었다. 아이스커피도 인스턴트로 만든 것이 아니라 집에서 원두로 끓여 식힌 커피라는 것을 알 수 있었다. 꽤 짙은 맛이 팬케이크에 잘 어울렸다. 그것만으로도 이 가게가 인기가 있다는 것, 운영하는 사람들 머리가 좋다는 것을 알 수 있었다.

나는 한동안 멍하게 그저 벤치에 앉아 점점 더워지는 실외와 부드러운 바람의 모습을 바라보고 있었다. 맛있고 달콤한 것을 먹어 기분이 차분하게 가라앉았다. 여기 살면서 이 가게에도 드나들게 될까. 어디에 있든 역시 사람은 마음먹기 나름, 어디든 마찬가지로군. 그런 생각도 했다.

마음이 완전히 고요해졌을 무렵 앞치마를 벗으면서 그녀가 다가왔다.

"마리코라고 해. 일본인 엄마와 미국인 아빠 사이에서 태어났습니다."

그녀는 발음은 조금 이상했지만 완벽한 일본어로 말하고는 내 옆에 앉았다.

그리고 가게 간판을 내리려고 나온 아르바이트생에게 영어로 말했다.

"망고 주스 하나 갖다 줄래."

가게가 휴식 시간에 들어갈 때의 나른한 느낌이 그녀를 에워싸고 있었다. 머리칼의 길이와 주변 공기의 움직임으로 나는 그녀가 댄서라는 것을 직감했다. 훌라를 추는 댄서가 아닐까.

"내 이름은 테트라예요. 지금은 다마히코의 집에 머물고 있어요."

나는 말했다.

"유키히코 씨 일, 명복을 빌어요."

"아직 믿지 못하겠어, 전혀 모르겠어. 우리 열여덟 살 때부터 계속 사귀었는데."

마리코 씨가 말했다.

"서로 한눈에 반해서, 이 섬에서 줄곧 함께 지냈어. 정말 믿을 수가 없어. 아직도 함께 있는 듯하고, 그 집에 가면 만날 수 있을 것 같은데. 울다 지쳐서, 이제는 될 대로 되라 싶어."

"뭐라 하면 좋을지, 할 말이 없어요."

나는 말했다.

"그래. 아, 좋겠다, 당신들은. 부러워. 지금이 가장 행복할 때지. 당신, 그 행복을 보여 주려고 일부러 여기 온 거야?"

마리코 씨가 물었다. 눈 속에서 광기 비슷한 고통의 빛이 보였다.

"그렇게 행복하다 할 정도는 아니에요. 그가 꽤 오래도록 정체를 숨기고 있었으니까요. 그때 내가 그 사람이 다마히코라는 걸 알아차리지 못했다면 어떻게 되었을지."

나는 말했다. 마리코 씨는 풋 웃었다.

"아까, 당신 어머니가 전화해서 들었어. 유키히코라고 하면서 접근했다고? 정말 웃음이 나오네. 거울로 자기를 보라고 하고 싶네. 그가 지금 하는 일이 멋지니까 응원은 하지만, 그것과 이거는 별개지."

"네, 그럼요."

나는 말했다. 마리코 씨가 웃으니까 세포가 수런수런할 정도로 기쁘다고 생각하면서.

"내가 못 알아봤으면 아마, 계속 유키히코 씨인 척했을 거예요."

나는 말했다.

"다마히코, 아주 잠깐이지만 나를 사랑한 적이 있었어. 겨우 하루 정도, 그러다 금방 당신에게로 돌아갔지. 그래, 그 사람은 무슨 일이 있어도 그럴 사람이지. 만약 테트라 씨가 못 알아봤으면 유키히코로 죽 밀고 나갔을 거야. 우리에게 열심히 입막음시키면서. 바보지! 그런 게 무슨 의미가 있다고."

마리코 씨가 또 웃었다. 눈가의 주름이 예쁜 선을 그렸다.

"아, 알 것 같아. 다마히코가 왜 끌렸는지, 그 기분. 나도 좋아하게 될 것 같네요."

나는 말했다.

"그런데 단 하루만에, 나를 당신만큼 좋아할 수 없겠다는 걸 알았다고 솔직하게 말하더군. 그리고 테트라는 세상에서 가장 강한 여자라는 말도 자주 했어."

마리코 씨가 말했다.

"그런데 거짓말은 왜 했을까요? 내가 그 때문에 다마히코를 싫어하게 될 확률이 높은데."

마리코 씨는 비치 샌들을 절반쯤 벗고서 발가락을 빙글빙글 돌리며 말했다.

"겁이 났겠지. 남자들은 약하니까. 자기 모습 그대로는 테트라 씨를 만나러 갈 수 없었던 거야."

"그렇게 큰 어른이 되었고, 우쿨렐레의 명수에다 노래도 잘 부르는데?"

나는 말했다.

"그런 게 무슨 상관이야. 유키히코라는 선글라스 너머로 안심하고 당신을 보고 싶었던 거지. 당신이 변해 있으면, 결혼했거나 애인이 있으면 어떻게 할지 무서웠겠지. 당신에게 실망하는 것도 무서웠을 테고, 그리고 가장 무서운 것은 당신이 다마히코에게 실망하는 거였겠지만."

마리코 씨는 웃었다.

"정말 바보야."

"그런가, 나는 여기 있을 때의 그를 전혀 모르니까요."

나는 말했다.

마리코 씨의 옆얼굴이 머리칼에 가려, 마치 파도 사이로 예쁜 물고기가 보일 때처럼 귀여운 코가 언뜻언뜻 보였다.

"당신, 기분 나쁘지 않아?"

마리코 씨가 물었다.

"나라면 못 참아. 우쿨렐레밖에 모르는 형편없는 남자가 열다섯 살 때부터 십 몇 년이나 나를 끊임없이 생각하고 추억에 매달려서 현실을 보지 않고, 더구나 가짜 이름으로 접근했잖아? 그런데 여자로서 기분 나쁘지 않아? 건드리면 소름이 좍 끼치지 않느냐고?"

"아, 거기까지는 별로 생각을 못 했네요. 머리에 잠깐 스치기는 했지만."

나는 말했다.

"거짓말한 건 싫었지만, 그 점은 미처 알아차리지 못했어요. 생각해 봤다면 싫었겠지만. 하지만 싫지 않아요. 다마히코는 어떤 의미에서 운명이랄까, 어쩔 수 없다는 느낌이랄까. 곰곰 생각해 보면, 그렇게 여겨질 만도 해요, 좋아하기만 할 일도 아니고 기분 나쁘달까 스토커나 다름없죠. 하지만 우리는 옛날에도 서로 많이 좋아했으니까. 그동안 나도 연애를 여러 번 했지만, 언제나 마음 어딘가에는 다마히코가 살아 있었거든요."

"허, 거참 잘 어울리는 한 쌍이네."

어이없다는 듯이 마리코 씨가 말했다.

"게다가 당신, 무척 마음에 들어. 둔감하고, 바보스럽고, 다마히코와 통하는, 미워할 수 없는 뭔가가 있어. 비슷해서 좋아하는 걸 수도 있고, 다른 사람에게서는 얻을 수 없는 안도감이 느껴지는 거겠지."

"마리코 씨, 아무리 그래도 그렇지 초면인데 독설이 지나치네요."

나는 말했다.

"일본말이 좀 서툴러서. 내가 잘못 사용했나?"

마리코 씨가 말했다.

"절대, 절대 그래서가 아닌 거 같아요."

일단 그렇게 말해 보았지만, 그녀는 후훗, 웃는 얼굴로 무시했다.

퀼트 전문가로서 어쩌면 그래서는 안 되는지 모르겠지만, 나는 어쩌다 웃어 준 마리코 씨에게 내가 먼저 유키히코 씨에 대해 물을 수는 도저히 없었다.

사우스포인트의 연인 157

시간을 두고 조금씩은 물을 수 있겠지만, 지금은 무리라고 생각했다. 또 그래 봐야 아무런 의미가 없다. 의미를 가장한 그저 심술이다. 기억은 그 사람만의 것, 그 사람이 상자를 열고 싶어 할 때만 볼 수 있는 것이다.

그 대신 퀼트에 그녀 모습을 담자고 생각했다. 천국에 있는 유키히코 씨가 볼 수 있도록.

오후의 휴식 시간이 한 시간쯤 남아, 이제 그만 돌아갈까 하는 즈음에 그녀가 말했다.

"인생의 거의 마지막 시점에, 병원에서 유키히코가 이런 말을 했어. '내 인생을 돌아보면 늘, 그 벤치에 앉아 있는 장면이 떠올라. 수많은 계절, 수많은 기분으로 앉아서 식물을 보고 우쿨렐레를 연주하고, 팬케이크를 먹고, 당신과 얘기 나눈, 그 가게 앞 풍경이 내게는 최고의 추억인가 봐. 이상하지. 하와이에서 훨씬 더 장대한 경치를 매일처럼 봐 왔고, 서핑도 했고 무대에도 섰는데 말이야.'라고. 그래서 난 여기서 보이는 풍경을 앞으로도 소중하게 여기려고 해. 그냥 오가는 사람들에게는 조그맣고 허름한 팬케이크 가게 앞의 낡고 너저분한 벤치, 우리 할아버지가 나무와 쇠로 뚝딱뚝딱 만들고, 그 후에도 몇 번이나 수리한 벤치에 지나지 않지만. 보이는 것도 보통 도로와 주차장, 야자나무와 티나무, 어디에나 피어 있는 파라이 꽃과 일리마와

히비스커스뿐인, 하와이 섬에서는 특별할 것 하나 없는 장소가, 내가 사랑했던 사람의 인생에는 가장 소중한 장소였던 거지. 그는 여기 앉아 가게가 끝나기를 기다려 주곤 했어. 우쿨렐레를 연주하면서. 그 소리가 가게 안으로 흘러 들어 오고, 우린 정말 행복했지."

그렇구나, 여기가 그만의 특별한 장소란 말이지, 하며 나는 눈을 가늘게 뜨고 주위의 모든 것을 보려 했다.

애당초 뭔가가 크게 뒤틀려 있는, 보통 사람이 아닌 이 여자를 만나고, 그의 소중한 장소에 앉아 보니, 나는 비로소 유키히코 씨라는 사람의 실체와 조우한 듯한 기분이 들었다.

가게의 불이 꺼지고 '영업 종료'라는 팻말이 걸렸다. 마리코 씨의 집 안쪽에서 느릿느릿한 하와이 음악이 흘러나왔다.

아무런 암시도 없이, 마리코 씨가 춤을 추기 시작했다. 음악이 들려 반사적으로 움직이고 말았다는 식이었다. 느닷없이 춤을 추기 시작했다는 느낌은 전혀 없었다. 바람과 빛을 포함한 그 경치 속에 그저 녹아들었다, 그렇게 보였다. 쓰윽 일어나 나를 향해 싱긋 웃고는 야자나무 아래에서 천천히 손발을 움직였다.

슬프네, 얼마나 슬픈 춤인지 모르겠어. 나는 생각했다.

희미하게 웃음 띤 그녀의 모든 움직임은 유연하고 가련했다. 이 마당이 그녀 전부를 받아들이고 있다는 것이 또한 애처로웠다.

연습하는 그녀 모습을 여기에서 보았던 유키히코 씨에 대해서도 생각해 봤다. 조금은 특이한 한 쌍이지만, 서로에게 푹 빠져 행복했으리라. 그리고 행복한 상태에서 뚝 끊겼다. 나와 다마히코처럼 재회하는 일은 이제 없다.

그렇게 생각하자, 지금 내게 일어나고 있는 일이 얼마나 귀중한지 절실히 느낄 수 있었다.

어렸을 때 우리가 그토록 바랐던 일이 이루어졌다는 그 경이로움을.

다마히코 엄마가 아틀리에에 있는 때를 가늠해, 나는 다마히코가 없는 다마히코의 방에서 헤드폰을 끼고 조용조용 유키히코 씨의 라이브 영상을 보았다.

그는 빛나고 있었다.

우쿨렐레 솜씨도 다마히코보다 몇 배는 뛰어나고 음량도 훨씬 풍부했다. 카리스마가 있달까 아우라가 있달까, 그의 존재만으로도 주위가 활기를 띠는 듯 했다. 노래도 보통이 아니었다. 빨려들어 가지 않을 수 없는 목소리였다.

다만 우쿨렐레 소리는 다마히코 쪽이 더 좋았다. 유키

히코 씨의 우쿨렐레 소리는 너무 매끄럽고 당당해서 내 취향이 아니었다. 풋풋하고 흔들리는 수면 같은 다마히코의 우쿨렐레 소리가 나는 좋았다.

그런데도 이곳 무대 위에서 생기발랄하게 연주하는 그를 보고 있자니 나는 가슴이 두근거리고 눈을 뗄 수 없었다. 정말 멋진 사람이라고 생각했다.

그 영상 속에서, 모두는 아직 행복하고 이 행복이 계속될 것이라 믿고 있는지 음악에도 행복감이 넘쳐흘렀다. 간혹 등장해 함께 연주하는 다마히코만 해도 지금과 딴판으로 새침한 분위기였다.

잃어버린 시간이 마치 꽃으로 만든 예쁜 목걸이처럼 그 안에 갇혀 있어, 나는 똑똑 눈물을 흘리고 말았다.

지금 이 사람이 없는 세계에 내가 있다는 사실이 믿기지 않을 정도로, 영상 속의 그는 강렬하고 밝고 영원히 살 것처럼 굳건해 보였다.

해 질 녘, 다마히코가 정말 바보처럼 강아지처럼 싱글거리며 돌아왔을 때, 나는 방에서 에코 퀼팅 책을 이리저리 뒤적이고 있었다.

얼른 작업을 시작하고 싶어서 디자인 그림도 몇 장이나 그렸다.

몰두하면 할수록 왜 내가 여기 있는 걸까, 하는 생각이 책에서 고개를 돌릴 때마다 들었지만, 그 방 창밖에 높이 솟은 야자나무 잎사귀들 사이로 감미로운 바람이 스치고 지나가는 것을 보면, 금방 아무 상관도 없어지고 말았다.

여기는 타인의 집, 내가 있을 곳은 물론 아니다. 그래서 조심스럽게 지내고 있지만 불편함은 없고 마음도 푸근하다. 그런 기분이었다.

"다녀왔어!"

다마히코가 노크도 하지 않고서 내가 묵고 있는 조그만 손님방 문을 열었다.

"어서 와."

나는 말했다.

옛날과 조금도 다르지 않은, 우리 둘의 소꿉장난 같은 생활. 겉모습은 변했지만 다마히코의 온몸에서 풍기는 초탈하면서도 붕 뜬 분위기는 변하지 않았다. 이 나이가 되도록 그런 점을 유지해 온 그가 참 대단하다고 생각했다.

"좀 물어봐도 될까?"

내가 물었다.

"그럼."

다마히코가 대답했다.

"너무 많은 얘기를 들었더니 누가 어쨌다는 건지 잊어

버렸어. 그러니까 다마히코의 어머니가 다마히코의 아버지를 우연히 만난 곳이 얼마 전에 같이 간 사우스포인트라고 했지?"

나는 말했다.

"응. 그게 진짜 우연이었대. 그러고는 바로 아이 만들기를 했나 봐."

다마히코가 웃으면서 말했다.

"그리고 유키히코 씨가 생겼을 때 우연히 만난 곳은 킬라우에아 부근이었다면서?"

나는 말했다.

"응, 킬라우에아. 그 유명한 하레마우마우 화구가 보이는 언저리는 아니고. 지난번에도 얘기했지만, 그 주변에는 트레킹 코스가 있고 관광객들이 발길을 머무는 허허벌판 같은 곳이 있어. 시커먼 용암밖에 없지만 하나의 도착 지점이라 할 수 있지. 레후아 꽃이 필 무렵에 거기서 딱 만났대. 하지만 그때는 아버지가 하와이 섬에 온다는 것을 미리 알려 줬다고 해. 며칠 내로 만나자고 말이야. 그러니까 우연이기는 해도 처음만큼 낭만적이지는 않았나 봐. 그리고 역시 만났네, 하고는 또 아이 만들기를 한 거지."

다마히코가 웃었다.

"다음에는 아무리 낭만적인 장소에서 우연히 만나도

아이를 만들 수 있는 나이가 아니겠지."

"아버지가 지금도 이곳에 와?"

내가 물었다.

"응, 쉬러 자주 와. 만나 보면 그냥 평범한 일본 아저씨. 그런데 두통도 금방 낫게 해 주고 서핑하다 다친 사람도 치료해 주고. 그런 이상한 힘이 있어."

다마히코가 별일 아니라는 듯이 말했다.

"하지만 네팔에 있는 시간이 더 많으니까 피부는 까매. 그리고 인도 부호의 양자였기 때문에 터번을 아주 멋지게 감아. 해 달라고 하면 내게도 감아 줘."

"너무 색달라서 그런 얘기 들어도 나는 아버지가 어떤 분인지 상상이 안 돼. 만나고는 싶지만."

나는 말했다. 만약 만나는 날이 온다면 참 신기하겠다고 생각하면서. 그럴 만큼 그들의 아버지는 내게 상상을 넘어서는, 이야기 속의 인물이었다.

"있지, 내일이든 모레든 언제든 괜찮은데, 다마히코가 시간 날 때 날 킬라우에아에 데리고 가 줄래? 네가 이제 퀼트에는 별 관심 없다는 거 아는데, 게다가 거기는 유키히코 씨의 실제 인생과는 관계없는 곳인지도 모르겠지만, 일단은 가 보고 싶어."

"좋아. 마리코 씨가 훌라를 하기 때문에 둘이 펠레 여신이 산다는 킬라우에아에 곧잘 가곤 했어. 그러니까 관계가 전혀 없지는 않아. 더구나 모처럼 하와이에 와 있는데, 그렇게 어마어마한 경치는 보는 게 좋지. 하레마우마우 화구는 그 앞에 서면 소름이 끼칠 정도로 굉장한 곳이야. 거기에 신이 있다고 하면 다들 믿을 정도로."

다마히코가 말했다.

"그리고 퀼트에도 별 관심 없는 게 아니야. 유키히코가 일본에서도 음악 활동을 하기로 결정되었을 때 내게 몇 번이나 권했어. 매니저로 같이 가서 테트라를 만나지 그러느냐고. 어떻게 하면 만날 수 있을지 실마리도 없고, 결혼해서 아이가 셋쯤 있을지도 모르고, 그게 아니면 적어도 남자와 살고 있을 거라고 내가 꽁무니를 뺐지만."

"분하지만, 어쩌다 혼자일 때를 딱 맞춰서 왔네."

나는 웃었다.

"듣고 싶지 않겠지만, 얼마 전까지만 해도 거의 동거하다시피한 사람이 있었어. 그러니까 조금 전에 왔다면 일이 꼬였을지도 모르지."

대학을 졸업한 후부터 줄곧 사귄 연상의 남자가 있었는데, 바로 얼마 전에 막 헤어졌다. 사귈 때는 사랑하는 줄 알았지만, 내 발로 그의 집에 가는 일은 있어도 내 비좁은 아틀리에 겸 집으로 그를 부르는 일은 거의 없었고, 군마에 데리고 간 일도 없었다. 다마히코와 헤어진 후로는 내내 그런 식으로 퀼트가 우선이었다. 의뢰인이 완성을 기다리는 작업에 언제나 얽혀 있어, 연애에 열심인 듯 보여도 어느 부분에서는 냉담했다. 대대적인 연애라도 하는 것처럼 이렇게 비행기를 타고 날아오다니 내가 생각해도 이상할 정도다.

"그런 얘기는 듣기 싫어. 아무 말도 하지 마. 두 번 다시 하지 마. 부탁이야."

다마히코가 말했다.

"약하기는."

나는 말했다.

"약한 게 뭐가 어때서."

다마히코가 말했다.

"그리고 유키히코, 좋은 녀석이니까, 아무튼 너에게 퀼트를 주문하러 가라고 했어. 일본에서 살 때의 내 생활을 테마로 귀여운 퀼트를 만들어 달라고 하라고. 만약 일이 잘 안 풀리거나 테트라 네가 싹 변해 있어도, 그걸 남겨 주면 후회는 없지 않겠느냐고. 결혼했어도 퀼트 때문이니까 한 번은 만나 줄 거라고 얼마나 밀어줬는지 몰라. 그러니까, 모티프는 달라졌어도 퀼트는 녀석의 유언이라 생각하고 중요하게 여기고 있어. 내일 아침 무슨 일이 있어도 고래를 찾아오라든, 돌고래와 수영해 보지 않고는 퀼트를 만들 수 없다고 하든, 나는 그렇게 하기 위해 아마 최선을 다할 거야."

다마히코가 말했다.

얼핏 모든 것이 소녀 만화처럼 달콤하고, 언제나 너만을 생각했다는 식의 좋은 얘기로 들리지만, 내가 느끼는 것은 끈적끈적한 남자의 정념이라 무작정 기쁘지는 않았다. 역시 마리코 씨가 말한 대로, 기분 나쁘게 생각해도 이상하지 않을 정도로 묵직한 것이다.

하지만 내 몸이, 눈이, 다마히코와 지냈던 시간을 기억하고 있었다. 그의 모든 것이 내 가장 좋았던 시절과 연결되어 있었다. 그러니 싫어할 수 없었다. 일본을 떠나고 싶지 않았던 그. 엄마의 사정으로 새 가족과 마음에도 없는 장소에서 살게 된 그. 늘 뛰어난 동생과 비교당하며 후줄근한 청춘을 보내 왔던, 그러나 착하기 때문에 모든 것을 받아들이고 삭였던 그.

그런 그를 버티게 해 주었던 추억 속의 나.

그들은 대체 다 누구였을까? 아무래도 지금 여기 있는 본인들과는 어긋난 유령처럼 여겨졌다.

하지만 그들 역시 우리의 일부, 분명히 존재하며 현재를 구성하고 있을 것이다. 어디에서 어디까지가 누구인지 잘 모를 정도로 애매하기는 하지만. 이 아름다운 장소가 아니면 존재할 수 없는 유령인지도 모르겠다. 일본에서는 공간에 잡음이 많아 쉬이 지워져 버릴 것 같았다.

"정말 이런 일이 두 번 다시 있으리라고는 생각 못 했어. 포기했거든. 이렇게 너를 매일 만날 수 있다니, 있을 수 없는 일이라고 생각했어. 꿈만 같아. 꿈 같다는 느낌 안 들어?"

다마히코가 말했다.

"꿈이 현실에서 이루어져, 창작 의욕이 식지 않기를 바랄게."

나는 조금 싸늘한 기분으로 말했다. 내가 벌써 오래전에 내던진 것을 다마히코는 여전히 간직하고 있었고, 그것이 내게는 너무나도 눈부셨다.

하지만 옛날부터 그랬다. 다마히코는 내게 너무도 눈부신 존재였다. 지나치리만큼 강하고 아름다운 엄마와 그녀의 지나치리만큼 올바른 삶을 지켜보면서 그때그때 상황에 따라 온갖 장소에서 자란 다마히코. 우리 엄마처럼 당장의 위기만 모면하려는 술수도 부리지 않고, 남자를 좋아하지도 않고, 잘 휘둘리지도 않는다. 생활 방식이 약간 비슷하다고는 하지만 그 내용은 천지 차이다.

내던진 것이 아니라 어쩌면 내게는 애당초 없었는지도

모르지, 하고 생각했다. 나는 이 가족에 비하면 아직도 어설프고 마음도 굳지 못한, 세상 때를 타 버린 인간이라고 생각했다.

그래도 아직 시간은 있다, 나도 변해갈 수 있는 여지가 있다. 그렇게 생각지 않으면 안 된다.

"마리코 씨 만났어? 아직도 여전히 슬퍼해?"

다마히코가 물었다.

"응, 기억을 떠올리는 것도 정말 힘겨워하는 것 같았어."

나는 말했다.

"우리 집에 매일 와서 같이 밥도 만들고 같이 먹고 그랬는데 이제는 안 와. 우리 엄마에게는 몹시 슬픈 일이지. 그런데 또 서로를 보면 유키히코가 생각나서 마음이 아파 견딜 수 없어 하니 어쩔 도리가 없지. 그래도 엄마는 많이 허전하대. 테트라가 마리코 씨와 친해져서 그녀가 우리 집에 다시 오게 되면 좋겠다. 시간은 되돌아오지 않겠지만."

다마히코가 말했다.

"팬케이크 가게에서 일이 끝나면, 달콤한 밀가루 냄새가 풍기는 그녀가 현관으로 들어오고, 엄마는 아직 아틀리에에 있고, 자 그럼 저녁이나 지을까, 하고서 그녀가 저녁 준비를 시작하면, 유키히코는 바깥 데크에 나가서 우쿨렐레를 계속 연주했어. 우선은 과자가 나오고, 다 같이

주를 마시고, 그쯤 되면 엄마도 아틀리에에서 나와 자리를 같이했고, 따뜻한 음식이 다 되기를 기다리는 시간이 정말 좋았어. 하와이에 살면서 보낸 시간 중에서도 꽤 좋은 시간이었지. 창문으로는 바람이 들어오고, 밤의 어둠은 칠흑 같고, 비단처럼 결이 고왔어. 가끔은 동네 사람들이나 그 친구들도 들러 주었고, 유키히코 팬들도 연주를 들으러 왔어. 나는 우리 엄마가 쪼글쪼글한 할머니가 되어도, 우리가 나이 들어 아저씨가 되어도, 유키히코와 마리코 씨에게 아이들이 주렁주렁 생겨도, 그 시간만큼은 변하지 않으리라 믿었어. 그리고 하와이는 그런, 다른 곳이라면 착각일 수도 있는 멋진 일들이 현실에서 이루어지는 경우가 많은 장소고."

"지금 잠시 끊겼을 뿐이야. 시간이 또 무언가를 가져다 주겠지."

나는 말했다.

"테트라가 가져왔어, 시간은."

다마히코가 웃었다.

나는 내가 없었던 그 시간들을 이 집 안에서 느낄 수 있었다. 완벽하지는 않고, 따분하지 않은 것도 아니고, 갇혀 있지 않은 것도 아니다. 하지만 좋은 순환이 땅을 비옥하게 만들고, 거기에 생명력 강한 씨앗이 뿌려지고 점차 굳건하게 자란다. 어디 한곳에 자리 잡고 산다는 것은 그런 것이다.

이 섬에서 두 번이나 그들의 아버지가 될 사람을 만난 다마히코의 엄마는 본능적으로 이곳이 자신에게 좋은 장소임을 느꼈을 테고, 기다린다면 이곳에서 기다리자고 생각했으리라.

조금도 로맨틱하지 않고, 꿈 같은 이야기도 아니다.

그럼에도 거기에 달콤하게 빛나는 설탕을 뿌려 주고, 예쁜 것을 있는 그대로 예쁘게 존재하게 하는, 그것이 이 장소의 매력이리라.

"내일 킬라우에아에 가기 전에 힐로에 먼저 가 보지 않을래? 시장도 열리고, 네가 좋아하는 꿀도 엄청나게 맛있는 걸 살 수 있는데."

다마히코가 말했다.

"내가 꿀을 좋아한다는 거, 용케 기억하고 있네."

나는 웃었다. 아주 너그러운 기분으로.

"그 무렵 일은 뭐든 다 기억하고 있어. 너무 좋아해서 몸이 아팠어. 그렇게 좋아하는데 너무 떨어져 있어서."

다마히코가 말했다.

"코나를 좋아하는 사람은 엄마와 유키히코야. 그래서 유키히코가 마리코 씨를 만날 수 있었던 거지만, 난 힐로가 더 좋아. 비가 종종 내리고, 경치도 좀 쓸쓸하고 볼품없고, 시골스러워서 일본이랑 조금 비슷하지. 힐로에 가면 늘 일본 생활이 그리워져. 비가 오는 모습도 축축한 도로도 사람들의 얼굴도 전부 일본을 생각나게 해. 혼자 힐로에 가서 그때 일을 떠올리곤 했어."

"그렇구나. 난 우에노 근처에는 별로 가지 않는데, 같은 도쿄에 살면서도. 추억이 하도 많아서 너무 서글퍼. 어린 시절을 거기다 전부 두고 떠났으니까."

나는 말했다.

"그 연꽃 피는 연못 꿈은 지금도 자주 꿔."

다마히코가 말했다.

천천히 오므라들지만 그래도 오전 중이면 꽃이 많이 피어 있어서, 분홍색 꽃잎이 거기만 다른 차원인 것처럼 고결하게 보였다.

나와 다마히코는 무심하게, 시간이 아주 많은 것처럼 그곳을 거닐었다. 아이스크림을 먹으면서, 또는 기요 아저씨와 함께.

"거기, 밤에도 참 아름다웠지. 자전거 뒤에 너를 태우고 데려다 주곤 했던가."

다마히코가 말했다.

"갖가지 공상 때문에 언제나 미쳐 버릴 것 같았어."

"상당히 조숙했나 보네."

내가 말했다.

"나는 어린애였고, 그냥 보통 기분이었는데."

"너는 지금도 보통이잖아. 조금은 슬플 정도로. 어떤 기분으로 여기 있는지도 잘 모르겠어."

다마히코가 말했다.

"퀼트를 만들기 위해서지."

나는 웃었다.

"테트라, 안아도 될까?"

다마히코가 물었다.

"그럼."

나는 말했다.

"어렸을 때부터 내가 그렇게 좋아하는 네가 부탁하는 걸 단 한 번이라도 거절한 적이 있었나? 그게 내 대답의 전부야. 그거 말고 내게 다른 기분은 없어."

다마히코는 울상이 된 얼굴로 고개를 끄덕이고는 내 손을 잡고 그의 침대로 데려갔다.

자칫 끔찍한 일일 수도 있다. 그가 지난 시간 동안 머릿속에서 나를 어떻게 다루었을지. 지금 무슨 생각을 하며 나를 안는지. 하지만 역시 조금도 불쾌하지 않았다. 그것은 아마 아직도 내가 그를 사랑하기 때문일 것이라고 생각한다.

 비정상적으로 어긋난 시간의 축을 한 가닥으로 비벼 꼬듯 우리는 언제까지나 침대 안에 있었다. 옛날에 잃어버린 것을 필사적으로 되돌리듯이. 어떤 뒤틀림을 조정하듯이.

 다마히코가 쿨쿨 잠들어 버려, 부엌에 가서 물을 마셨다.
 다마히코 엄마는 아직도 일하는 중인지, 창문으로 불 켜진 아틀리에가 보였다. 저녁이나 지을까 하고서 냉장고를 열었다.
 닭고기도 있고 파프리카도 있고 양파도 있으니 파에야 정도는 만들 수 있을 것 같았다. 이 집에는 이 집 나름의 저녁 계획이 있을 텐데 괜한 간섭인가 걱정할 만한 사이도 아니니까, 아틀리에로 내선 전화를 걸었다.
 "저녁 준비할까요? 시간도 많은데."
 "그럼 나야 좋지, 신나네. 다마히코는?"
 다마히코의 어머니가 물었다.
 "진짜 쿨쿨 잠이 들었어요, 방에서."
 나는 대답했다.
 "부족한 건 없어? 사 오라고 할까?"
 다마히코의 어머니가 말했다.
 옛날에도 이랬지, 하고 나는 추억에 잠겼다.

다마히코는 언제나 이리저리 심부름을 다녔다. 자전거를 타고 휙 사다 달라는 것을 사다 주곤 했다. 그 동네의 눅눅하던 공기 냄새, 번쩍거리던 네온사인, 온갖 것들이 기억났다.

"파에야는 만들 수 있어요. 닭고기 써도 되나요?"

나는 말했다.

"물론이지, 있는 거 뭐든 써도 괜찮아. 한 시간쯤 지나서 밥 먹으러 갈게."

다마히코 엄마가 말했다.

"네."

나는 대답했다.

왜 나는 낯선 집 부엌에서 저녁을 짓고 있는 걸까, 하면서도 음식을 만들다 보니 지금에 집중하게 되었다. 고기를 썰어 밑간을 하고, 채소를 썰고, 밥을 볶고. 요즘은 줄곧 나 혼자만을 위한 요리를 했기 때문에, 다른 사람 몫까지 만들기는 오랜만이었다.

갑자기 부엌에 활기가 생겨나고, 열기가 활짝 열린 창문으로 들어오는 밤바람과 뒤섞이고, 점차 짙어지는 어둠의 기운만큼이나 사람이 만들어 내는 빛도 힘을 지니기 시작했다.

잠이 덜 깬 다마히코가 웃통을 벗은 채로 휘청휘청 나

타나 말했다.

"우와, 저녁 만드는 거야? 어렸을 때는 별로 못 보던 장면인데."

"그렇지 않아, 다마히코 엄마가 카레 만들 때도 자주 거들었는데 뭐."

나는 말했다.

"아, 그 절구에 스파이스 콩콩 빻아서 힘들게 만드는 카레."

다마히코가 말했다.

여기는 처음 온 하와이 섬인데, 카운터 너머로 시간이 점점 되돌아가 격차가 사라지는 것을 알 수 있었다. 나는 이 장소까지도 사랑하기 시작했다. 이토록 자연스럽게 받아들여 주다니, 이 땅의 친구로. 두 팔을 한껏 벌려 안아 주듯. 그 어떤 시험도 악의도 없이.

눈 아래 다크 서클이 생긴 다마히코 엄마가 아틀리에에서 건너왔다. 아틀리에에 불이 꺼지는 게 보여 슬슬 올 때다 하고서 접시와 와인 잔을 준비했다. 한 가족의 딱히 특별할 것 없는 식사 풍경이었다.

두 사람이 맛있다며 먹어 준 덕분에 안심하고서 와인을 꿀꺽꿀꺽 마셨더니 조금 취했다. 아주 오래전부터 이렇게 저녁을 먹었던 것 같은 기분이었다. 불빛 아래 담담하게 밥을 먹는 두 사람의 얼굴이 옛날 그대로여서 눈시울이 찡했다. 이 자리에 기요 아저씨가 없다는 게 이상할 정도였다. 이것은 갑자기 이곳으로 온 나만의 소중한 감상이다.
"자 이제 일어나 하고 올까. 잘 먹었습니다."
다마히코가 싱글거리며 일어나 접시를 싱크대로 가져갔다. 그 움직임이 옛날과 조금도 다르지 않은 것을 보고서 나는 기뻤다.

그 접시를 식기세척기에 넣으려고 와인 잔을 한 손에 든 채로 카운터 안에 들어갔다가 별생각 없이 그 언저리를 치우고 있었다.
문득 돌아보니, 다마히코 엄마가 창가에 서서 와인을 마시며 나를 물끄러미 바라보고 있었다.
"무슨 생각하세요?"
내가 물었다.
"테트라, 있지, 그냥 여기 있어. 돌아가지 말고, 여기 있어."
다마히코 엄마는 또 울고 있었다.
"지금 여기에는 재미난 일이 하나도 없는걸. 아까는 즐거웠는데, 옛날로 돌아간 것 같아서. 시간이 마음을 치유해 줄 때까지 잠자코 기다릴 수밖에 없는 시기거든. 그러니까 그동안 도와줘. 견딜 수가 없어. 테트라 너는 이 견딜 수 없는 기간에 우리를 도와주러 온 천사 같은 존재야."

아주 강한 사람인 다마히코 엄마가 그렇게 어깨를 떨며 어린애처럼 우는 모습을 보기가 안타까웠다.

나는 다마히코 엄마의 손을 꼭 잡고서 말했다.

"지금은 일주일 정도가 한계예요. 일단 돌아갔다가 퀼트 도구를 챙겨서 다시 올게요. 도중에 일이 있어서 또 돌아가야 하지만, 그다음에는 석 달 정도 있을 거예요. 정말 여기 묵어도 괜찮은가요? 밥도 짓고 집안일도 거들게요."

오기도 아니고, 휘둘리는 것도 아니었다. 나는 지금 일본에서 할 일이 엄마 가게에서 정기적인 워크숍을 하는 것 밖에 딱히 없고, 손님들의 주문은 이미 받은 상태라서 오며 가며 일하면 되고, 그리고 여기에는 나를 필요로 하는 사람들이 있다. 그다음 일은 뛰어든 뒤에 생각할 수밖에 없었다.

조금씩 결심이 굳어 갔다.

어른이 되어서 스스로 결정한 일. 그때는 선택하려야 선택할 수 없었던 길이 다시 한 번 눈앞에, 형태를 달리해 찾아왔다. 이 사람들이 기운을 되찾은 후에는 어쩌면 나를 거추장스럽게 여길지도 모른다는 걱정에 나는 오싹했다. 인간이란 그런 거니까. 하지만 지금을 만드는 일이 미래를 만든다. 그렇게 되면 그때 가서 충분히 슬퍼하면 될 일이다.

"부탁이야, 부탁해."

다마히코 엄마는 내 어깨에 얼굴을 묻고 울었다.

"유키히코가 있었던 때를 모르는 테트라가 정말로 소중해. 네가 지니고 있는, 여기에서는 너밖에 갖고 있지 않은, 유키히코가 원래 없었던 세계의 공기를, 물고기가 입을 빠끔거리며 물을 마시듯 있는 힘을 다해 마시고 있어. 지금 나와 마리코는, 만나 봐야 울기만 할 뿐 서로를 보듬을 수가 없어. 지금까지 줄곧 뭐든 혼자 할 수 있는 일이면 열심히 해 왔고, 어떤 일이든 견뎌 왔지만, 유키히코가 죽다니 도저히 믿을 수가 없어."

나는 그녀 손을 꼭 쥔 채 아무 말도 하지 않았다.

그리고 의지가 강한 여자는 어느 시점에서 '이제 그만 울자.'라고 결정한 듯이 고개를 바짝 들었다.

"테트라에게도 사정이 있다는 거 잘 아니까, 억지로 그렇게 하랄 수는 없지. 하지만 만약 괜찮다면."

다마히코 엄마가 말했다.

"다마히코 어머니, 어머니에게도 아마 가족이 있었죠?"

나는 말했다.

"그래. 어렸을 때는 줄곧 많은 사람들 속에서 자랐지. 할머니 주위에 모인 사람들이 신흥 종교를 만들었어. 물론 할머니는 훌륭한 사람이었지만, 할머니가 돌아가시면서 모든 게 엉망이 되었지. 그 딸인 우리 엄마는 당시 그 종교에 미쳐서 한심하기가 뭐라 할 말이 없을 정도였어. 그래서 나는 집을 버리고 내 가족을 만든 거야. 할머니는 정말 굉장한 사람이었으니까 유키히코도 지켜 줄 거야. 지금쯤 유키히코는 천국에, 아주 좋은 곳에 있을 거야. 유키히코의 아빠도 그를 고치려 무진 애를 썼지만, 목숨은 함부로 주무를 수 없다고 했으니, 어쩔 수 없었다고 생각해. 그래도 통증과 고통은 많이 덜어 주었어. 몇 달이나 유키히코 곁을 떠나지 않았고 말이야. 그 모습을 보면서 새삼 또 반했지. 그의 치유 능력은 절대 사기가 아니야. 나는 카트만두에서 그가 말기 암 환자와 류머티즘에 걸린 사람을 고치는 걸 몇 번이나 봤어. 그런 그가 온 힘을 다하는데도 점점 빠져나가는 유키히코의 생명을 나도 느낄 수 있었어, 옆에서 보면서. 그는 진행이 너무 빠르다고, 이런 때 아무것도 할 수 없다니 지금까지 내가 뭘 해 왔는지 모르겠다, 수명을 바꿀 수는 없다는 걸 알지만 피붙이다 보니 깨끗이 포기할 수가 없다, 하고 말했어. 하지만 마지막 순간까지, 그가 만질 때마다 유키히코는 조금 편안해했어. 그렇게 되풀이하다, 마침내는 수도 없이 자주 하지 않으면 못 견뎌서 결국은 한시도 곁을 떠날 수 없었던 거지. 그래도 그가 손을 대면 반드시 조금은 상태가 좋아졌어. 그 과정 전체를 보는 것이 가장 고통스러웠던 사람은 그 사람이었을 거야. 그래서 나는 유키히코를 고치지 못하는 그를 다시 한 번 깊이 용서할 수 있었지. 내가 만든 것은 울퉁불퉁하고 남다른 가족이었지만 그래도 줄곧 축복 속에 지냈다고 생각해. 아이들이 우리를 바꾼 거지. 나도 그렇고 그 애들 아빠 역시 어딘가 한곳에 머무는 타입의 인간이 아니었는데, 아이들이 많은 것을 가르쳐 주어서, 가르쳐 준 것을 더 많이 배우려고 했어. 나이나 환경이나 사랑 때문만은 아니었어. 나는 이곳에 자리를 잡고 아틀리에를 갖게 된 것에 기쁨을 느꼈어. 매일 똑같은 사람을 만나고 실생활의 이해관계에 얽혀도 이제는 짜증스럽지 않아. 줄곧 안정감 없이, 밖으로 앞으로만 향하고 있었는데, 여기서 모두와 살면서 더는 무서운 것도 밖에서 추구하는 일도 없어졌어. 예를 들어 유키히코가 죽었다는 건 무서운 일일 텐데, 유키히코가 여기서 행복하게 살았고, 우리를 사랑했다는 사실에는 자신이 있어. 그러니까 정말로 무서운 건 아니지. 정말로 무서운 건, 물리적으로 혼자라는 것도, 애증이 엇갈리는 것도 아니야. 자기에게 무관심한 사람들과 살면서 내일이 어떻게 될지 모르는 것, 그리고 어차피 살아가는 거 앞으로도 똑같을 테니까 무슨 큰일이 닥치기 전까지는 이러나저러나 상관없다고 느끼는 것. 나는 줄곧 그런 장소에서 들고양이처럼 자랐지만, 다마히코의 아빠를 만나 모든 것이 안정을 찾았어. 변하지 않는 것이 있다는 걸 알았다고 할까. 그 후에는 친구도 생겼고, 그림도 그릴 수 있게 되었고, 다마히코가 태어나고 유키히코가 태어나고, 두 아들의 아빠도 나이를 먹어 우리는 혼인 신고를 했어. 서로 '믿을 수 없다, 우리가 혼인 신고를 하다니.' 하면서 말이야. 그러고는 또 각자 자기 삶의 터전으로 돌아갔지만, 가족을 만들었다는 것은 확실하지. 기요 씨도 일본의 그 아파트에서 변함없이 살고 있고. 한동안 맡아 기른 아이들도 몇 명 있고, 뒤를 봐준 젊은이들 수는 더 많아. 카트만두 집에 사는 사람들도 다 가족 같아. 우리는 온 세계에 다 흩어져 있지만 무언가 커다란 것에 싸여 있어. 거기에는 죽은 유키히코도 물론 포함되어 있고."

다마히코 엄마가 한꺼번에 말을 쏟아 냈다. 그리고 잠시 침묵하다가 다시 말을 이었다.

"테트라는 참 착해. 우리 중 그 누구보다 착하고, 조금은 유키히코를 닮았어. 그래서 매달리는 거 미안하다고 생각하지만, 지금은 용서해 줘. 이렇게 매일 죽고 싶다가도 눈물로 조금씩 해소하고, 머리를 쥐어뜯으면서 어떻게든 지내는 수밖에 없어. 유키히코가 아니면 만나고 싶은 사람도 없는데, 그럴 수 없다는 걸 아니까 매일을 실망하며 살 수밖에 없어."

"다마히코 어머니는 강한 사람이에요."

나는 말했다.

"나는 그런 식으로 자각하며 앞으로 나아갈 수 있는 사람이 아니야."

"하지 않거나 할 수 없는 편이 좋을 수 있어요."

다마히코 엄마가 겨우 웃음을 보였다.

"엄마, 나 어쩌면 한동안 하와이에 있을지도 몰라. 다마히코, 살아 있었어."

나는 전화를 걸었다.

휴대 전화를 로밍해 놓아 시차에만 주의하면 불편 없이 통화할 수 있었다. 다마히코 집의 손님방에서 연습용 조그만 퀼트를 앞에 두고, 군마에 있는 엄마와 얘기하자니 신기한 기분이 들었다.

"너, 혹시 속아 넘어간 거 아니니? 전화 사기 당한 거 아니야? 결혼 사기는 아니고? 그래, 역시. 살아 있을 것 같았어. 조의금 봉투에 담아 놓았는데, 안 부쳐도 되겠네."

엄마가 말했다.

"일본하고 여기 왔다 갔다 할지도 모르니까, 일단 워크숍에 갔다가 그때 아파트 빼려고 해. 내 방에 있는 짐, 정리해 줄 수 있어? 거기다 짐 옮겨 놔도 괜찮아?"

나는 말했다.

"또 야반도주로구나."

엄마가 웃었다.

"야반도주는, 전혀 그렇지 않잖아. 그런 소리 마."

나는 말했다.

"그래, 금방 할 수 있어. 창고에 다 보관 못 한 화장품 재고가 쌓여 있을 뿐이니까. 언제든 옮겨. 하와이라, 좋겠다. 너, 결혼해라. 그럼 우리도 자주 놀러 갈 수 있잖아."

엄마는 조금도 외롭지 않고, 어떻게 되든 좋다는 식으로 말했다. 그래, 이 맥 빠지는 말투, 잘 기억하고 있지, 하고 나는 생각했다. 딱히 사이가 나쁜 것은 아니다. 애정이 없는 것도 무관심한 것도 아니다. 다만 엷다.

"너, 그 애 진짜로 좋아했으니까. 약한 점도 그렇고, 정직한 점도 그렇고. 그 애는 옛날부터 어떤 의미에서는 이미 완성형이었어."

엄마가 말했다.

"만났는데, 바로 옛날로 돌아갔어."

나는 말했다.

"아무튼 당분간 살아 볼게."

"알았어. 또 전화해."

엄마가 말했다.

전화를 끊었을 때, 나는 내가 어린 시절 기분으로 돌아가 있다는 것을 알았다. 다마히코 가족과 있어서이리라.

엄마, 그래도 그렇지 조금은 외로워해 줘야지. 무슨 말이라도 좀 더 해 줘야지.

엄마와 같이 잘 때도, 엄마는 누구보다 멀었다. 엄마에게 업혀 잘 때도 받아들여진다는 느낌은 들지 않았다. 그런 일들이 떠올랐다. 엄마는 나를 사랑했지만, 대개는 엄마 노릇 운운할 여력이 없었다. 자기 기분이 좋을 수 있나 없나, 그것이 엄마 인생에서 가장 중요한 사항이었다. 그리고 엄마는 자기 외에는 거의 관심이 없었다. 하지만 자상한 엄마라는 이미지가 환상이라는 것도 진즉에 알고 있었다. 이 집 사람들 또한 어쩌면 분위기를 읽지 못하는 사람들일 뿐, 다들 자기 멋대로다.

아빠는 죽기 전까지도 내 이름을 불렀지만, 술 취한 상태나 다름없었다. 자기에게 딸이 있다는 기분에도 취해 있었으리라.

인간이란 대개가 모두 그런 존재다. 그래서 사람들에게는 꿈이나 퀼트가 필요한 것이리라. 가끔 달콤하고 그립고 풍요로운 것이 피어오르는 추억이.

살짝 풀이 죽어 창문으로 하늘을 올려다보니, 어마어마한 양의 별들이 밤하늘을 가득 메우고 있었다. 어머, 굉장하다, 하고서 숨을 삼키고는 고개를 내밀어 위를 올려다보았다. 은하수가 하늘을 가로지르고 있다. 그쪽이 이쪽을 내려다보고 있는 듯한 빛이었다. 목이 아파질 쯤에는 기분이 원래 자리로 돌아와 있었다. 어지러울 정도로 무수한 별빛이 이쪽으로 밀려오는 듯한 그 광경을 보고 있자니, 너무도 멀고 많은 것에 압도되어 있자니, 그저 좋기만 한 일은 별 재미도 아무것도 없다는 생각이 들면서 마음이 편해졌다.

힐로까지 가는 드라이브는 쾌적했다. 도중에 슈퍼마켓에 들러 주스를 사고 잠시 쉬었다. 꾸벅꾸벅 졸다 눈을 뜨면 운전하는 다마히코가 있었다. 자전거 뒤에 태워 주던 시절과 별반 다르지 않은 느낌이었다.

힐로에는 비가 내리고 있었다. 칙칙하게 구름 낀 넓은 하늘에서 비가 조용히 부슬부슬 내렸다.

"이 날씨, 정말 일본 같다."

내가 말했다.

"그러게 말이야, 왠지 푸근해, 이 도시. 일본 사람도 많고."

다마히코가 말했다.

다운타운에 차를 세우고 파머스 마켓을 걸었다. 나는 타원형 진주로 만든 피어스를 사고, 노니와 리리코이 등 본 적 없는 꽃에서 채취한 갖가지 꿀을 샀다. 다마히코는 스팸 주먹밥을 사서 먹으면서 걸었다. 시장의 냄새도 일본 같았다. 하지만 파는 식물은 색감이 알록달록해서 오키나와의 공설 시장이 연상되었다. 빗속에서 마치 수분을 한껏 빨아들인 듯 과일도 채소도 빛났다.

"좋은 곳이네."

나는 말했다.

"응, 언젠가 테트라랑 여기서 살고 싶어."

다마히코가 말했다.

"생각보다 빨리 실현되지 않을까."

내가 말했다.

왜 나는 이곳을, 잘 알지도 못하는 사람과 걷고 있는 것일까. 그리고 앞날 얘기는 또 왜 하고 있는 것일까. 몹시 이상했다. 그 기분을 비가 소리 없이 적셨다.

"그 무지하게 강하고 올바른 사람들과 날마다 해가 쨍쨍 비치는 아름다운 바닷가 동네에서 사는 거, 진짜 피곤한 일이야."

다마히코가 말했다.

"나처럼 조용히 불타는 인생을, 그들은 절대 이해 못

해. 그 여자들, 너무 강렬하잖아. 하지만 유키히코는 좋은 녀석이었으니까 말이지. 어디서든 행복하게 지낼 수 있는."

"사람이 지나치게 좋아서 하느님이 일찍 불러 간 걸까."

내가 말했다.

"얘기를 듣다 보면, 그런 사람이 있을까 싶을 정도로 좋은 사람이라서."

"유키히코는 우리의 보물이었어. 우리를 하나로 붙여 주는 풀 같은."

다마히코의 옆얼굴에서 눈물이 빛났다.

지금은 비통해하는 이 사람들이 언젠가 기운을 되찾아 나 따위는 아랑곳하지 않게 되더라도 괜찮으니, 지금은 함께 있어 주자고 또 마음속 깊이 생각했다.

"군마에서 우리 엄마랑, 계속 바뀌는 엄마 애인이랑 같이 사는 것도 진짜 힘든 일이었다고."

나는 말했다. 헤실헤실 웃으면서, 주스를 마시면서 말했다.

그런데도 다마히코는 짐짓 심각한 얼굴로 말했다.

"아, 알지. 테트라 엄마도 별나잖아. 엄마가 그런 사람인 내게 이런 말 듣고 싶지 않겠지만. 뭐랄까. 냉정하다? 이상하다? 색다른 것을 보면 좋아한다? 곤경에 빠진 사람을 보는 것도 좋아하고? 왠지 그런 느낌이야."

그 말이 너무도 적절해서 나는 숨을 헉 멈추고, 잠시 말을 잇지 못했다. 멀리 회색 하늘 너머로 맑은 하늘이 살짝 보였다. 언덕을 내려가면 바다이리라. 온 세계 어디든 바다가 있는 곳의 이 느낌은 똑같다.

다마히코의 말에 힘을 얻어, 그 마음을 껴안듯이 그저 걸었다. 시장이 끝나는 시간이 다가와 사람들이 조용조용 뒷정리를 시작했다. 시골 같은 이 동네를 어슬렁거리다 보니 내 나이도 여기가 어디인지도 잊어버릴 것 같았다. 이곳에서 부슬부슬 내리는 비를 맞으며 끝없이 걸을 수 있다면 얼마나 좋을까 생각했다.

"이제 늦었으니까, 여기서 느긋하게 차 마시다가 채소사 들고 돌아가서 저녁 지어 먹을까?"

내가 말했다.

"킬라우에아는 내일이나 모레, 다마히코가 시간 날 때 다시 오면 안 될까? 여기서 비를 바라보고 싶어. 네 말대로 코나는 밝아서 너무 눈부셔."

"드디어 테트라가 자기 기분을 얘기해 주는군."

다마히코가 말했다.

"그 단단하던 게 겨우 조금 흐트러졌어. 신난다!"

"바보."

나는 웃었다.

"이 동네, 모든 것이 끝난 후의 장소 같아 보여."

"노후라는 뜻이야?

다마히코가 물었다.

"아니, 동네 전체가 옛 시대 속에 있는 것 같아."

나는 말했다.

"하와이의 시골 동네는 어디나 이런 느낌이 있지. 비가 많이 내리고, 경치도 사람도 잘 움직이지 않고, 다른 것들도 크게 변하지 않고. 그렇게 갇혀 있기 때문에 오히려 사람들 하나하나가 홀로 자연에 깊숙이 묻히는 경향이."

다마히코가 말했다.

"아직 관광객 기분이라서 잘 모르겠어."

나는 말했다.

"나는 많이 옮겨 다녔기 때문에 나 스스로를 격려할 마음으로 새로운 것이 시작될 때의 느낌을 아주 좋아하게 되었지만, 우리가 다시 만난 건 오래도록 기다렸던 일이기도 하니까 뭐라 말하기가 어렵네. 이렇게 같이 힐로에 있다니."

다마히코가 말했다.

"좋잖아, 이제 그 얘기는 그만해. 말하면 자꾸 줄어드니까."

나는 말했다.

"그래. 공항 바로 옆에 유명한 과자 가게가 있는데, 돌아가는 길에 들리자. 초콜릿 입힌 쇼트 브레드가 진짜 맛있어. 직접 구운 건데, 멋진 상자에 들어 있어. 무지무지하게 달고. 선물로 사 들고 가면 엄청 좋아한다니까."

다마히코가 말했다.

"어서 보여 주고 싶을 정도로 좋은 가게야. 엄마 것도 사 가자. 그리고 오늘은 못 갈지도 모르겠지만, 여기서 조금만 남쪽으로 내려가면 가열하지 않은 꿀을 파는 농장이 있어. 거기서 파는 흰 꿀도 최고야."

"가고 싶다."

천국 같은 계획이라고 생각하면서 나는 고개를 끄덕였다. 가게 유리창을 타고 살며시 흘러내리는 빗방울의 예쁜 무늬를 보면서.

스튜 만들 채소를 한 아름 사 들고 코나로 돌아왔다.

호박도 토마토도 샐러리도 감자도 샀다.

차에서 짐을 내리고 있는데, 다마히코 엄마가 아틀리에에서 나와 말했다.

"아까 독설쟁이 마리코가 테트라를 만나러 왔던데. 새 신부는 어디 갔느냐고 하면서."

"못살겠군."

다마히코가 말했다.

"전화해 볼게요."

나는 말했다.

"마리코 씨는 원래 술을 거의 못 하는데, 요즘은 억지로 마셔 대니까."

다마히코가 말했다.

질투하기보다는 '아, 역사가 여기 있네.' 그렇게 생각했다.

역사를 느낄 때마다 만난 적 없는 유키히코라는 존재가 내 안에서 커진다. 유키히코 씨가 죽지 않았더라면 나는 지금 여기 이렇게 없었으리라.

퀼트의 기본 디자인도 아플리케로 할 도안도 대충 정해졌다.

그리고 킬라우에아 부분은 불의 여신 펠레 말고 다마히코 엄마와 그 아버지가 만난 장소에 피어 있던 레후아 꽃을 넣기로 했다. 검은 용암 대지에 핀 레후아라는 모티프로. 가 보아야 지금 계절에는 피어 있지 않을지도 모르지만 나무 정도는 볼 수 있으리라.

나는 일단 일본으로 돌아갔다가 도구와 입을 옷을 챙겨 다시 여기로 돌아올 것이다.

그래도 유키히코 씨를 만날 날은 영원히 오지 않는다. 그건 몹시 이상한 느낌이었다. 지금 여기 사람들의 24시간은 유키히코 씨의 부재를 중심으로 돌아가고 있는데.

나는 싱싱하게 빛나는 채소를 한꺼번에 볼에 담아 꼼꼼하게 씻었다.

이렇게 탱글탱글 기운찬 채소를 보는 것은 참 오랜만이었다. 마늘도 터져 나갈 듯 껍질을 비집고 나와 있었다. 거의 관능적이라 할 만큼 신선했다.

"파머스 마켓, 정말 대단한 데다."

부엌에서 내가 말했다.

"코나 커피로 만든, 그리운 시절의 음료."

다마히코가 그렇게 말하면서 아까 사 온 꿀에 우유를 듬뿍 넣은 아이스커피를 만들어 주었다. 시장에서 한 청년이 손수 만든 라벨을 붙여 팔던, 하와이의 갖가지 꽃에서 채취한 꿀이다. 같이 사 온 쇼트 브레드와 함께 먹었더니 무척 달았지만, 양쪽 다 입에 닿는 순간 시야가 반짝 트이는 것처럼 맛있었다.

"이거, 오랜만에 마셔 보네."

내가 말했다.

시간은 저 눅눅한 날씨의 도쿄, 연못이 있는 동네로 돌아가 있었다. 아이스커피가 당시보다 몇 배는 맛나게 만들어졌는데, 똑같은 맛이 나는 것만 같은 기분이었다.

"언젠가 또, 다마히코와 이걸 거실에서 마실 수 있다면 좋겠다고 생각했어."

내가 말했다.

"하지만, 정말 그런 날이 오리라고는 꿈도 못 꿨는데."

"나는 남자라서, 그때그때마다 즐거운 일이 많았지만, 마음 어느 한쪽으로는 줄곧 테트라 너에게 집착했어."

다마히코가 말했다.

"그래도 아마 이 장소가 아니었다면 이뤄지지 않았을 거야. 일본에는 기요 아저씨가 있으니까 나 혼자만 일본으로 돌아가 취직해서 신나게 살 생각을 안 한 것도 아니야. 우쿨렐레는 어디서든 연주할 수 있다고 생각했고 말이지. 하지만, 그 생각을 실행에 옮기자니 도무지 내키지 않았어. 우쿨렐레에 대한 배신이라는 느낌이 들었지. 우쿨렐레는 이 장소와 끊으려야 끊을 수 없이 연결된 악기라서, 일본에서는 제 소리가 안 나. 소리가 바람을 타고 흐르지 않아. 신에게 소리를 바칠 수가 없어. 무언가가 달라진다니까."

"잘됐지 뭐. 내 일이야말로 어디서든 할 수 있는 거니까."

나는 말했다.

"펠레를 만나러 갈 때에는 빨간 옷을 입어야 해."

다마히코가 말했다.

"그리고 진을 바치지."

"질투해서 연인 사이를 갈라 놓는다는 얘기를 들었는데, 정말 그런가."

나는 말했다.

"더 이상 갈라 놓을 수 없을 만큼 갈라져 있었으니까 괜찮을 거야."

다마히코가 진지한 표정으로 말했다.

"산책하는 길에 마리코 씨 찾아 볼게."

저녁을 먹은 후에 내가 말했다.

"그 사람, 늘 일본 선술집에 있어. 가게 이름이 뭐였더라."

다마히코가 그렇게 말하자,

"마리모, 아니었나?"

다마히코 엄마가 말했다.

"아마 가게 주인이 홋카이도 출신이죠."

나는 말했다.

"거기 맞을 거야, 나는 가 본 적이 없지만. 음, 장소는 마리코네 가게 바로 앞길. 가 보면 알 거야. 일본 사람들만 있으니까."

다마히코의 엄마가 말했다.

이 사람들은 마리코 씨가 돌아오기를 바라지만, 유키히코 씨가 없는 이 집에서 그녀는 아무것도 아닌 사람이 되고 말았다. 그러니 지나치게 매달리면 마리코 씨 앞날의 연애에 지장이 있을 것이라 여겨 조심하고 있구나, 생각했다.

애처로운 일이다. 마리코 씨에게도 지금 이 집은 추억만이 가득한 생지옥일 것이다. 이렇게도 저렇게도 할 수 없는 시기다. 앞으로 몇 년은 이런 상황이 계속되리라.

다만 다마히코 엄마와 함께 지내면서 드는 생각이 있었다. 이 사람은, 우리 엄마와는 전혀 다른 의미에서 자기 안쪽을 향하는 사람이다.

그러니 만약 마리코 씨도 예전처럼 드나들지 않고, 다마히코와 내가 힐로에 살기 위해 이 집을 나가더라도 혼자 남아 계속 그림을 그릴 것이다. 외로움에 눈물을 흘릴지언정 불평은 하지 않을 것이다. 그러고는 또 누구든 인연이 되는 사람을 불러들여 망설이지 않고 가족으로 맞을 것이다.

"여긴 이제 유키히코의 무덤 같은 곳이니까. 거대한 묘비 같은 여길 소중하게 여기며 살고 싶어."

다마히코 엄마가 불쑥 그렇게 말해, 나는 움찔했다.

"어떻게 제 생각을 알았어요?"

그렇게 물었다.

"테트라는 얼굴에 고스란히 드러나니까."

다마히코 엄마가 웃었다.

"전 같았으면 고통스러우니까 한동안 밀라노에 가 있자고 생각했겠지. 젊었으니까. 자식 거느린 사람도 아니었고. 지금은 여기서 유키히코의 추억을 두고두고 새기고 싶어, 유키히코가 남기고 간, 지금 다마히코가 펼쳐 주고 있는 음악에서 어떤 싹이 돋을지, 여기서 보고 싶어. ……나도 이제 완전히 시골 아줌마가 되었다는 뜻이겠지."

"이 땅과 좋은 약속을 맺은 거죠."

나는 웃었다.

나 역시 내 고향 동네가 그립지 않은 것은 절대 아니었다. 아침 안개 속으로 보이는 연못물에서 움직이는 소금쟁이와 거북, 그 벼랑에서 보이는 조그만 집들이 줄지은 풍경, 아직은 위세가 당당했던 시절의 멋진 아빠와 우에노와 유지마의 번화가 골목의 술집 거리를 걸었던 일, 그렇게 어린 애인을 데리고, 하면서 어른들이 웃었던 일. 모두가 그리웠다.

하지만 다시 도쿄에 살게 되었을 때, 그곳으로 돌아가자는 생각은 하지 않았다. 다마히코가 없는 그 동네, 아빠도 이미 없었으니까. 시간은 무슨 수를 써도 그때로 돌아가지 않으니까. 내게는 두고 온 장소였다.

그와는 달리 다마히코 엄마에게 이곳은, 지금까지와 앞으로의 모든 것이 담겨 있는 소중한 약속의 땅인 것이리라.

그 가게는 보통 일본의 술집과 아주 비슷했지만, 가장 다른 점은 부지가 유난히 넓다는 것이었다. 크기가 패밀리

레스토랑만 했다.

 나는 가게 앞에 서서, 울려 나오는 노래 소리를 들으며 '들어가 봐도 괜찮기는 하지만, 왠지 마리코 씨가 여기 있을 것 같지 않은데.' 하고 생각했다.

 그래서 별생각 없이 그 벤치가 있는 곳으로 걸어가 보았다.

 마리코 씨는 거기에 혼자 있었다. 검은 나무 그늘 아래, 마치 유령처럼 머리칼을 풀어 내리고 멍하니 앉아 캔 맥주를 마시고 있었다.

 "마리코 씨."

 이름을 불렀다.

 "같이 마시러 가려고 전화를 걸었어."

 마리코 씨가 말했다.

 "그런데 새 신부는 데이트하느라 바빠서."

 "그렇죠, 뭐."

 나는 말했다. 그녀와의 대화에 점차 익숙해졌다.

 "앉아도 될까요?"

 "가게에서 맥주랑 남은 프라이드 포테이토랑 안줏거리 가져올게. 화장실은 가게 말고 집 거 사용하고. 저기 뒷문 있지, 그 바로 옆이야."

 마리코 씨는 그렇게 말하고 캄캄한 가게 안으로 들어

갔다.

　나는 벤치에 앉아 갖가지 소리를 들었다. 바람 소리, 멀리서는, 아마도 파도 소리. 그리고 벌레 소리. 또 도마뱀, 부엉이, 그런 밤의 생물들.

　그런 소리들이 신선한 음색으로 귀에 들어와 내 안의 야성을 야금야금 일깨웠다. 어둠의 끔찍함, 깊음, 짙음. 밀려오는 산 그림자. 별 돋은 하늘도 분명 엄청난 소리를 내고 있으리라. 그렇다는 것이 절절하게 느껴졌다.

　마리코 씨가 맥주와 다 식은 포테이토를 들고 나와, 우리는 건배했다.

　"1년쯤 지나니까 슬퍼할 거리도 다 없어지고, 조금씩 유키히코를 잊어 가고 있어, 실은."

　마리코 씨가 말했다.

　바람에 머리칼이 나부껴, 달짝지근한 냄새와 내가 좋아할 리 없는 술 냄새가 풍겼다.

　술 취한 아빠를 부축해 집으로 돌아가던 길의 그 비참했던 기분……. 아빠가 중얼거리는 이상한 농담 모두에서 파멸의 뉘앙스가 풍겼다. 이런 일이 언제까지 계속될 리 없지, 온 세계가 그렇게 말하는 기분이었다. 폭력적이거나 징그럽게 구는 일은 절대 없는 사람이었지만, 하는 얘기가 장황해지고, 옆자리에 앉은 여자의 손을 잡고, 엄마 얘기를 하면서는 눈물을 질질 흘리고, 때로는 왁자지껄하게 떠들어 대고, 계산을 할 때는 지갑에서 돈을 꺼내 뿌리기도 하고, 정말 슬펐다.

그런 아빠를 끌고 아빠가 사는 아파트에 가서, 뭐라 표현할 수 없는 상태의 방 안을 꾸역꾸역 정리하면서 아빠의 비참함을 조금이라도 치워 내려 했지만 미처 따라잡을 수 없었다. 무너져 가는 댐 앞에 자갈조차 못 되는 모래로 산을 쌓는 듯한, 늘 그런 기분으로 밤을 지새다 코를 골며 끙끙거리는 아빠를 남겨 두고 조용히 방에서 나오면, 바깥은 언제나 새파랗고 투명했다. 거리에는 거의 사람 하나 없고, 차들도 많지 않았다. 나만 다른 차원에 있는 듯한 기분이었다. 지금까지 부모와 함께 있었는데, 한없이 혼자였다. 내일이 되면 아빠는 오늘 나눈 대화를 무엇 하나 기억하지 못하리라. 그렇다면 지금의 이 시간은 과연 뭐였을까. 내 안에 눈처럼 내리고 쌓이는 시간, 그런 기분이었다.

타인의 감정 따위는 생각하지 못하고, 자신을 파멸로 몰고 가는 그 병의 냄새가 아른거렸다. 나는 본능적으로 몸을 바짝 움츠리고 싶었지만, 마리코 씨는 왠지 괜찮으리란 느낌이 들었다. 내 기억만이 나를 두렵게 한다는 것을, 어렴풋이 알고 있었다.

"충격 때문에 줄곧 생리도 안 했는데, 지난달부터 다시 시작됐어. 시간이 왜 가는 거야? 왜 괜찮아지는 거냐고! 그렇게 내 몸을 비난했어."

마리코 씨가 말했다.

"몸이 긴 시간, 슬픔을 이겨 내느라 힘들었는데, 비난하면 안 되죠."

내가 말했다.

마리코 씨는 내 손을 꼭 잡고서, 쪽 소리가 날 만큼 야무지게 볼에다 키스하면서 말했다.

"행복한 커플의 행복한 여자. 많이 좋아해."

이제 그녀의 독설에 익숙해진 나는 소리 없는 미소로 답했다.

"아까 그 가게에 자주 가요?"

나는 물었다.

"응, 학교를 같이 다닌 어린 시절 소꿉 친구네가 하는 가게라서 마음이 놓여. 밖에서는 시끌시끌한 가게처럼 보이지만, 넓어서 안쪽 자리에 앉으면 뒷산의 숲 소리가 들릴 정도로 조용하기도 하고."

마리코 씨가 말했다.

"포테이토 먹어. 나는 평생 먹을 걸 이미 다 먹었으니까. 그리고 지금은 이래 보여도 10킬로그램쯤 몸무게가 줄었어. 먹을 수가 없어서. 그런데 지난달부터 먹고 있어. 예전

만큼은 아니지만. 시간도 제멋대로 흘러가고, 내 몸도 멋대로 회복되어 가네."

"그게 나쁜 일은 아니잖아요."

나는 말했다.

"유키히코가 가엾잖아, 내가 기운을 되찾으면, 얼마나 외롭겠어, 그 사람이."

마리코 씨가 말했다. 그 심정이 아프도록 느껴져, 나는 어쭙잖은 위로의 말은 할 수 없었다.

"그 '마리모'라는 가게 말이지, 유키히코랑 마지막 갔을 때가 병이라는 걸 알기 전이었어. 그때 코피도 흘리고 몸이 나른하다는 소리는 했지만 그래도 비교적 건강했거든. 그 병은 진행이 빨라서 갑자기 상태가 나빠져. 우왕좌왕하는 사이에 죽고 말았어. 그래도 그날은 아직 건강해서, 평소대로 일한 후에 만나서 밥 먹으러 갔어. 그런데 바로 뒷자리에 뭐라 말해야 할지, 정말 느낌이 불결한 관광객들이 앉아 있는 거야."

마리코 씨가 말했다. 나는 고개를 끄덕이며 그 다음 얘기를 재촉했다.

"일본에서 온 술집 지배인 같은 남자는 거의 할아버지에 가깝다 할 정도였고, 그래 봐야 30대겠지만 나잇살은 먹은 데다, 술버릇이 고약해서 지방 술집이 아니면 일도 못할 분위기의 호스티스 둘이 있었어. 나는 일하고 난 다음이라 피곤하고, 유키히코는 병세가 나빠지고 있어서 몸이 나른하니까, 둘이 말없이 볶음국수와 계란 프라이를 먹고 있었지. 그 사람들, 어찌나 유치한 농담을 하면서 떠들어 대는지, 술집 손님들과 사원 여행을 왔다가 이미 마셨는데 모자라서 온 게 아닐까 싶은 분위기였어. 하와이 섬으로 오다니 별일이네, 저런 사람들은 보통 오아후로 가는데, 유키히코와 그런 얘기를 했지. 유키히코도 응응 하며 고개를 끄덕거렸고, 그 얼굴이 어두운 유리창에 비쳐 있었어. 호스티스 A가 '난 취하면 인사불성이 되지만, 그래도 절대 남자에게 우리 집까지 데려다 주게는 하지 않는다!' 하니까, B가 '나한테까지 그럴 거 없잖아? 지난번에 너 곤드레가 되었길래 택시에 태워 기껏 데려다 줬더니, 여기서 됐어 하면서 내려 버렸던 거, 기억나?' 하는 거야. 그러자 A가 '본능적으로 그런다니까. 술 취하면 집을 안 가르쳐 줘.'라는 거야. 다들 천박하게 키들키들 웃고는 지배인이 '나도 절대 말하지 않지, 우리 집은. 가르쳐 줬다가 술 취한 너희들이 한밤중에 들이닥쳐 나를 덮치면 어쩌려고.' '아무리 굶주렸어도 일흔 살 할아버지에게 그런 짓 안 하지!' 그런 말들을 주고받는데 얼마나 짜증이 나던지. 그래서 우리 기분이 나빠서 아무 말 않고 있었어. 목소리도 얼마나 크던지. 호스테스 A가 '나 결혼하고 싶은데 술버릇이 이 모양이니 평생 못 하겠지.' 하고 중얼거리니까 호스테스 B도 '나도 근종 때문에 자궁 들어냈으니, 같은 신세지 뭐.' 하고는 '그래도 할 수 있는 동안은 괜찮아!' 하면서 또 키들키들 웃고. 지배인은 손님들 이름을 실명으로 들먹이며, 그 인간은 어떻다, 그 작자는 결혼 상대로는 의외로 꽤 괜찮지 않을까, 그 자식은 폭력을 휘둘러서 안 된다, 그런 뒷담을 풀어놓기 시작해서 우리는 한층 더 짜증이 났어. 그런데 지배인이 '나는 오늘로 일흔이 되었지만, 아직도 가게를 더 꾸려 나가야겠지, 너희들 갈 데가 없어질 테니.' 하는 거야. 우와, 이번에는 심각한 얘기네, 더는 못 들어 주겠다 싶어서 유키히코에게 눈짓으로 신호를 보내고 '그만 갈까?' 하고 작은 소리로 말하고는 서둘러 테이블 위에 놓아둔 것들을 챙기기 시작했지. 그런데 그 지배인이 또 이런 말을 하는 거야 '하지만 나도 불사신은 아니니까, 언제 어떻게 될지 모른다고, 너희들 정신 똑바로 차려서 자기 앞날을 스스로 생각해.' 호스테스 A와 B가 입을 모아 '안 돼! 절대 안 돼! 죽으면 무덤까지 따라가서 되살려 놓을 거야!' '안 돼, 그런 소리 마. 우린 지배인이랑 앞으로도 계속 일할 거니까! 죽게 가만두지 않을 거야. 그런 말은 입에 담지도 마. 죽어도 흔들어서 깨울 거니까! 절대 죽으면 안 돼!' 하면서 둘이 징징 울기 시작하는 거야. 지배인이 '너희들 진짜 멍청하다.' 하고는, 그것도 아주 다감한 목소리로, 부끄럽다는 듯이 쓰윽 일어나 '계산 부탁합니다. 시끄럽게 해서 죄송합니다.' 하고 가게 아주머니에게 말하고 계산대로 향했어. 그 여자들 부모도 아마 형편없는 인간들이었겠지. 지금까지 살면서 가장 부모 마음으로 거둬 준 사람이 그 후줄그레한 지배인이었고. 전체적으로는 나와 별 상관없는 일이었지만, 그러고 보니까 눈앞에 있는 유키히코가 눈물을 흘리고 있잖아. 그리고 손가락으로 눈가를 만져 보니 나도 울고 있었고. '왜 울고 있는 거지. 이상하네.' '덩달아 울 만한 얘기도 아닌데.' '그래도 생각보다는 좋은 사람들인가 봐.' 우리 둘은 그렇게 말하면서 테이블 위에서 손을 꼭 마주 잡았어. 그래, 우리 모두가 다 알고 있어, 사실은. 지금까지의 일도 앞으로의 일도. 하느님이 눈가리개를 해 주었을 뿐이지. 지금을 실컷 즐기라고 말이야."

마리코 씨가 말했다.

여기 있다는 게 여전히 믿기지 않는 나는, 모든 것이 여우에게 홀린 듯한 기분이었다. 거의 알지 못하는 장소에서, 역시 잘 알지도 못하는 여자와 사이좋게 벤치에 앉아 밖을 바라보는데, 공기는 부드럽게 피부에 스미고, 야자나무 잎 사이로는 온 하늘에 총총한 별이 보이고.

맥주로 살짝 취기가 돈 머리에 그 슬픈 얘기가 한없이 맴돌아, 잠자코 있을 수밖에 없었다.

맥주를 두 캔 마시고, 화장실에 한 번 다녀오고, 그럼 또 봐, 하며 우리는 헤어졌다.

"그럼 또 봐."

살아 있는 사람들만의 인사. 무척이나 호사스러운 그 인사를 나누면서.

집……이라 하고 싶지만, 내 집은 아닌 다마히코네 집에 돌아오니, 아틀리에에는 불이 켜져 있고, 문도 잠겨 있지 않았다. 아마도 나를 위해서일 것이다.

그러고 보니 어렸을 때 집에 돌아올 때도 늘 다마히코네 집 불빛을 올려다보았지. 나는 그때를 그리워했다. 저 가족의 한 사람이 될 수 있다면 얼마나 좋을까, 하고 바랐다. 시집을 갔으면 좋겠다는 뜻이 아니라, 그다지 순조롭지 못했던 내 집으로 돌아가지 않을 수 있다면, 하는 의미에서였다.

지금 뜻밖에도 그 바람이 이렇게 이루어졌는데 아직은 현실에 적응되지 않는다. 그리고 나는 유키히코 씨가 바로 얼마 전에 죽었다고 생각했는데 그들은 그 비통한 나날을 벌써 1년이나 지내고 있다는 걸 새삼 떠올렸다. 상처는 영원히 지워지지 않고 어떤 의미에서는 딱지가 앉았다가 떨어지는, 가장 힘겨운 시기인지도 모른다.

샤워를 한 후에 옷을 갈아입고서, 창문을 열어놓고 디자인 그림을 그리고 있는데 다마히코가 부스럭부스럭 일어나 문을 노크했다.

"들어와."

나는 말했다.

"밤 마실 왔어."

다마히코가 그렇게 말하며 내 옆에 앉았다.

"마리코 씨, 무섭지 않았어?"

내게 키스하고는 다마히코가 말했다.

"무섭기는. 영어로 말할 때도 그렇게 독설가인지는 궁금하지만."

나는 말했다.

"그야 당연하지, 언어가 바뀐다고 성격까지 바뀌는 건 아니잖아."

다마히코가 웃었다.

"마리코 씨와 엄마가 얘기하는 거 듣다 보면 여자를 불신하게 된다니까."

"그 두 사람은 특별 중에서도 상위급, 탑 오브 마운틴이야. 무슨 산인지는 모르겠지만. 하긴 무서운 산인 건만은 분명하지."

나는 말했다.

"이 방에서 자도 될까?"

다마히코가 하하하 웃고는 그렇게 물었다.

"응."

나는 대답했다.

"내일, 시간 있어? 킬라우에아에 갈 수 있을까?"

"응, 갈 수 있어. 내일은 일이 없거든. 오전 중에 일본 라디오 프로그램의 게스트로 전화만 받으면 돼. 그것도 생방송이 아니라 녹음이라서 간단히 끝나."

다마히코가 말했다.

"우쿨렐레 연주하고, 몇 마디 말만 하면 끝."

유명해지고 싶다는 욕망이 거의 감동스러울 정도로 희박했다.

"나, 킬라우에아에 다녀오면, 모레나 글피쯤 일단 일본으로 돌아갈게."

나는 말했다.

"불안한데. 모든 것이 꿈이었다고 생각하든지, 돌아갔다가 마음이 변해서 역시 안 오겠다고 하는 건 아닐까. 이렇게 달콤한 얘기, 여간해선 있을 수 없잖아. 이렇게 술술

풀리는 거 말이야. 지금 같이 있다는 것 자체가 이미 불가사의한 거잖아. 이 집에 네가 있다니. 유키히코가 천국에서 보나마나 깔깔 웃고 있을 거야."

다마히코가 말했다.

"걱정 마, 서로가 긴 시간을 두고 열심히 살아왔으니까, 그런 우리가 이렇게 된 거니까, 딱히 겁나는 거 없어."

나는 말했다.

"여자란 참 현실적이군."

다마히코가 말했다.

"난 네게서 가사에 대한 메일이 왔을 때, 무서워서 부들부들 떨었어. 그럴 수밖에. 이미 살아 있지 않는 사람이라고 여기는 것 같았으니까. 꿈을 깨뜨리고 싶지 않았어. 그렇잖아, 애당초 차인 건 나였으니까. 게다가 테트라가 커서 이상한 어른이 되었다면, 내가 지금까지 만든 노래 가사고 뭐고 다 물거품이 되잖아. 두 번 다시 노래할 수 없게. 그렇게 되어도 어쩔 수 없는 일이었지만, 그 정도로 무서웠어. 그런데 넌, 조금도 변하지 않았고 내가 가장 좋아하는 부분을 그대로 소중하게 간직하고 있었지."

"어린 시절의 꿈꾸는 우리 마음이 대단했던 거지."

나는 말했다.

얼마나 먼 미래까지 꿈꾸었을까. 그리고 얼마나 오랜 시간 그것이 이루어지지 않은 걸까.

지금 벌어지고 있는 일은, 소위 꿈은 반드시 이루어진 다는 그런 종류가 아닌, 훨씬 더 집요한 차원에다 달리 대체될 수 없는 것이었으리라. 역시 집념이나 집착이라는 말로밖에는 표현될 수 없는 어떤 것. 마리코 씨 말대로 우리 둘 다 태평했던 것이다. 힐로에 쌓인 시간처럼, 그 도시 곳곳에 서 있는 반얀트리처럼, 비가 뿌리면 뿌리는 대로 언제든 소박하게 서 있었던 것이리라.

"일단 돌아갔다가 짐 싸 들고 다시 올게. 적어도 유키히코 씨 퀼트가 완성될 때까지는 여기 있을게."

내가 말했다.

"그다음 일은 약속할 수 없지만."

"그런 소리 하지 마. 또 무서워지니까."

다마히코가 그렇게 말하면서 우쿨렐레를 치기 시작했다. 나도 아는 유명한 하와이의 노래, 「하날레이 문」이었다.

달빛 아래에서 하날레이 만을 보았을 때, 아름다운 바다 옆에서 그대는 천국에 있다고 생각하겠지. 소슬대는 바람과 속삭이는 파도, 그대는 나의 것, 두 번 다시 내 곁을 떠나지 마세요.

하와이 사람들은 사랑 노래에 반드시 풍경을 담는다. 자연에 비치는 마음을 명료하게 그려 낸다. 과연 우쿨렐레는 그런 마음을 표현하기에 더할 나위 없는 악기다. 나는 유키히코 씨가 남긴 아름다운 카마카 우쿨렐레를 그의 상징으로 퀼트에 새겨 넣기로 결정했다. 내 작품에는 본인을 나타내는 상징이 꼭 필요하다. 마치 타로 카드 점처럼.

다마히코가 치는 우쿨렐레의 음색은 처음 들었을 때처럼, 공간에서 가장 조용한 부분을 스치고 지나가듯 밤의 공기가 다치지 않게 반짝반짝 날아올랐다. 하나하나의 음표가 서로 어우러지고 녹아들면서 자연 속에서 순환하는 것이 보이는 듯했다.

"자기도 일본에 돌아오지 않았으면서."

나는 말했다. 내가 생각해도 참 여자스러운 발언이라 생각하면서.

"그럴 수밖에. 내게는 우쿨렐레가 있고 가족이 있는데, 어디 있는지도 모르는 테트라 너만 쫓아 일본에 간다는 건 나를 죽이는 일이었으니까. 그러느니 여기 있으면 온갖 빛 속에, 파도 속에, 빗속에, 무지개 속에 언제든 네가 있으니까, 그편이 좋다고 생각했어."

다마히코가 말했다.

"여전하네, 다마히코 넌."

나는 한숨을 쉬며 말했다. 내게 좀 더 자신감이 있다면 한숨은 쉬지 않았을 것이다.

변하지 않으니까 평생 서로를 이해할 수 없고, 변하지 않기에 멋진 그.

나는 이곳에서 어디에도 없는 유령으로 괴로움을 안은 채 살아가겠지. 뭔가가 잘못되었다고 생각하면서. 이 섬이 그렇게 사는 것도 나쁘지 않다고 생각게 하는 마술을 부릴 뿐이다. 그 결심은 파도처럼 밀려왔다 밀려가면서 점점 커졌다.

"지금, 레후아 꽃 피어 있으려나."

내가 말했다.

"안 피어 있지. 그 꽃은 말이야 딱 3월에만 피어. 그 꽃, 막상 보면 어이없을 정도로 소박해. 굉장히 좋아하기는 하지만."

우쿨렐레를 켜면서 다마히코가 말했다.

"내년에 또 소복하게 피어 있는 걸 볼 수 있을까."

내년에도 우리가 같이 있을지 어떨지는 알 수가 없다고 생각하며 한 말이었다.

"응, 레후아 꽃은 킬라우에아 언저리에서 보는 게 최고니까 보러 가자. 빨간색이 검은 지면에 얼마나 잘 어울리는지 몰라. 빨간 새의 깃털이 나뭇가지에 걸려 있나 싶게 여기저기 피어 있어."

다마히코는 내 기분은 전혀 눈치채지 못한 투로 그렇게 말했다.

"참, 그리고 거기는 군데군데에서 수증기가 나오는데, 그 수증기를 쐬면 피부가 매끈매끈해져. 온천하고 비슷해. 유황 냄새도 엄청 나고. 수증기는 이 시기에도 즐길 수 있어."

"멋지겠다, 기대되는데."

나는 말했다.

"온 천지가 다 새까만데, 간혹 용암 때문에 빨간 곳이 있어. 언제나 뜨겁고, 까만 바다 같은 경치야."

다마히코가 말했다.

"그리고 유일한 호텔인 볼케이노 하우스에서 칠리와 콩으로 만든 요리를 가볍게 먹을 거야. 별거 아닌데 왜 그런지 굉장히 맛있게 느껴진다니까, 그게. 창밖으로 끝없이 펼쳐지는 까맣고 쩍쩍 갈라진 대지를 보면서."

"설렌다."

나는 말했다. 가이드북을 팔락팔락 넘기면서. 이 섬에는 화산도 설산도 계곡도 바다도 뭐든 다 있으니까, 떠나지 않아도 되겠다고 작정한 다마히코 엄마의 기분을 알 것 같다고 생각하면서.

"그렇지, 가는 길에 'TEX'에서 도넛도 먹어야지. 처음 온 사람은 꼭 먹어 봐야 하거든. 맛도 좋지만 가게 사람들도 정말 좋아. 지진 났을 때 샌드위치를 공짜로 나누어 주더라고."

다마히코가 말했다.

"전기도 끊겼고 불을 사용할 수 없어서 샌드위치밖에 없다고 미안해하면서 나눠 주는데, 감동이었어."

"그럼 내일 아침은 거기 가서 먹자. 칠리와 콩은 다음에 먹어도 되잖아."

나는 말했다.

"운전 오래하게 될 것 같으면 바꿔 가면서 나도 할게. 어제도 차 빌려 놓고서 이런 말 하는 거 새삼스럽지만, 일단 국제 면허증도 따 왔으니까."

"왠지 이거 너무 신이 나서 조금씩 겁이 나는데. 꿈이라면 깨지 말았으면 좋겠다는 기분이야."

다마히코가 또 말했다.

"괜찮아, 어른 둘이 있을 뿐. 앞으로 일어나는 일은 전부 각자 자기 때문이니까. 이제는 부모 사정으로 그렇게 되는 게 아니니까."

나는 그렇게 말했다.

"아, 지금 한 말 자장가 같은데. 갑자기 마음이 평온해졌어."

다마히코가 말했다.

"나는 꽤 무거운 말을 한 것 같은데."

나는 답했다.

다마히코는 자신에게 불리한 말은 하나도 듣지 않고서, 말없이 우쿨렐레만 치고 있었다.

나는 물론 잠재적으로 다마히코가 찾아와 주기를 기다렸으리라고 생각한다. 그 시절 어린애였던 그대로. 어디에선가 멈춰선 시간 위에서. 내 안에 있는 것을 상자에 담고서 두 눈을 꼭 감고, 기약 없는 내일을 무턱대고 기다린 것이리라. 만약 오지 않으면 어떻게 하나, 그런 생각은 아예 하지 않고서.

한편 현실 세계에서, 동생의 죽음과 자신에게 맞지 않는 일을 억지로 하면서 괴로워한 쪽은 다마히코였다. 돌파구 없는 에너지가 그 안에서 고통으로 바뀌었을 때, 나를 부르는 행위로밖에 그 고통을 표현할 수 없게 되었을 때, 내 안의 무언가가 그 상황을 감지했던 것이라고 생각한다. 실제로 나는 줄곧 다마히코를 느끼고 있었다. 연락을 끊은 나 자신에 대한 조촐한 죄책감으로, 줄곧 느끼고 있었다.

사람이 무언가를 염원하는 힘의 크기와 그 느낌이 이어지는 모습을 무늬로 한다면, 퀼트로도 표현하지 못할 만큼 복잡하고 거대할 것이다. 마치 하늘을 질러가는 용의

복잡한 비늘 모양처럼.

　내 인생 오래도록 다마히코라는 이름의 감옥에 있을 뿐이었고 앞으로도 계속 그럴지 모르겠지만, 대수롭지 않다. 마치 완전한 자유를 얻은 기분이다. 사우스포인트의 벼랑 끝 같은 곳에 서서, 보이는 것 모두가 바다인 곳에서 부신 눈을 찡그리고 바람을 맞는 기분이었다. 금방이라도 하늘이나 바다로 쓰윽 사라질 수 있을 듯한, 새가 된 듯한 그 기분.

　다마히코가 연주하는 우쿨렐레의 음색은 그의 목소리 톤과 아주 비슷해서, 몇 번을 들어도 늘 한결같이 내 마음을 푸근하게 어루만졌다. 우리의 처량했던 청춘 시절을 위로하고, 죽은 유키히코 씨에게도 그 소리가 닿아 그까지 위로해 주는 듯 느껴졌다. 그 어떤 기도와 그 어떤 눈물보다 부드럽게. 나는 그 소리에 안긴 채 다마히코의 어깨에 기대어 있었다. 지금 그가 음악에 빠져 아무 생각 없다 해도, 또는 어이없게 야한 생각을 하고 있다 해도, 어느 쪽이든 사랑스러웠다.

　됐어, 지금은 그냥 꿈을 꾸자고 생각했다.

　내일이나 모레에는 시작해야 한다. 잡다한 현실을 받아들이고 분해해서 뒤로 흘려보내는 그 작업이 조만간 시작될 것이다.

하지만 지금은 오래전부터 꾸어 왔던 꿈에 잠겨 있자. 언젠가 그 강렬한 꿈의 힘이 나를 뒷받침해 주는 날이 올 것이다. 이 섬은 그렇게, 이쪽 세상과 저쪽 세상이 더없이 아름다운 고리로 이어진 신비로운 장소니까.

나는 그날, 사우스포인트에서 분명하게 그것을 보았다.

바다와 하늘, 하늘과 이 세상, 바람과 파도, 온갖 것들이 아름답게 뒤섞이고 녹아드는 그 지점에서, 나는 이 세상을 지배하는 힘이 마련해 놓은 또 다른 틈새를 보았다. 두 세계의 거대한 힘이 섞이는 것을. 이 세상에는 다른 세상을 엿보게 해 주는 무수한 틈새가 있고, 거기에 감응하는 혼이 있는 한, 아직은 이렇게 많은 것을 그냥 보고 싶고, 사랑하는 사람들을 돕고 싶었다. 필시 이 장소는 간혹 인간이 그런 신비로운 힘을 볼 수 있도록 허락하는 정말 흔치 않은, 혹독하면서도 친절한 곳이리라.

"여기 참 이상한 곳이야. 살자마자 금방 그런 생각이 들었어."

다마히코가 내가 생각하던 것과 너무 비슷한 말을 불쑥 꺼내서, 나는 화들짝 놀랐다.

"여기서 속임수 같은 걸 쓰면 백배는 더한 천벌이 내릴 것 같아. 그런데 아름다운 생각은 다른 데보다 백배는 더 결실을 맺기가 쉬워. 그리고 사람들의 슬픔도 빨리 치유되고. 어떻게 그럴 수 있는지는 모르겠지만, 기적이 너무 간단하게 일어나고 그게 너무 간단하니까 다들 기적이라는 것을 잊어버릴 정도야. 아무리 기원해도 유키히코가 죽지 않는 기적은 일어나지 않아 안타깝지만, 그래도 하늘이 준 생을 다 살고 죽은 것이라고 누군가가 속삭여 준 듯한 기분이 어딘가에 남아 있어. 아버지는 최선을 다했지만, 유키히코가 살아나기 힘들 거라는 건 우리가 봐도 알 수 있었어. 그런데도 아버지는 그 상황을 외면하지 않고 녀석이 죽어 가는 과정 내내 온 마음을 다해 옆을 지켰어. 그런 모습을 보면서 처음으로 그 실력도 알았고, 그리고 아버지가 사기꾼이 아니라는 생각도 할 수 있게 됐어. 살려 내지 못했는데도 말이야. 그전까지는 아무래도 의심하는 마음이 있었거든. 게다가 지금 말하면 아름답게 들리겠지만, 유키히코가 이 세상에 머무는 시간이 그리 오래가 아니라는 걸 알았기 때문에 우리 가족도 그렇게 무리를 해 가면서까지 함께 살기로 결정했고, 그가 더없이 사랑한 마리코 씨도 마침 이 근처에 대기하고 있었던 거 아닐까 싶을 정도야. 또 간절하게 불렀더니 테트라 네가 이렇게 내 품 안으로 와 주었고. 유키히코가 죽은 후로, 죽은 사람이 좋은 곳으로 가면 좋겠다는 생각이 머리를 떠나지 않았어. 실은 나, 진짜 현실적이고 사후 세계 같은 건 믿지 않지만,

가끔 천국이 이런 느낌이지 않을까, 하와이에 가깝지 않을까, 그렇게 상상해. 그러니까 여기 오래 살다 보면 아무리 육체가 있어도, 생활하다 아무리 지쳐 있어도, 현실감이 점차 엷어지면서 바람과 빛에 녹아들어 유령처럼 될 것 같은 기분이 들어. 하지만 테트라와 함께라면 아쉬울 것도 없으니까 난 딱히 상관없는데."

"이런저런 원망도 없고, 괴로움도 없는 유령이겠지."

나는 웃는 얼굴로 말했다.

"그렇다면 나 역시 그걸로 족해."

이런 대화를 나누는 동안에도 다마히코의 손가락은 우쿨렐레의 현을 퉁겼고, 화제에 오른 낙원에 어울리는 그 음색은 더할 나위 없이 부드럽고 감미롭게 나를 감쌌다. 태어나기 전에 이미 정한 중요한 약속이 지금이라도 떠오를 것만 같은, 그런 기분이 들게 하는 정말이지 아름다운 소리였다. 악기가 내는 소리 같지 않은, 자연 속에서 들리는 새와 벌레나 파도 소리 같은. 신들의 노랫소리나 천사들의 날갯짓 소리 같은.

나는 울컥 눈물이 흐를 것 같아 그가 눈치채지 못하게 눈을 꼭 감고서 가만히 듣고 있었다. 그는 그런 내 상태는 모르는 채 연주에 몰입해 그만이 낼 수 있는 소리로 우쿨렐레를 쳤고, 그 소리는 저 처절했던 청춘 시절과는 달리 상상 속에서가 아니라 지금의 현실 속에서 내 귀에 들려왔다. 그렇다는 것에 나는 무척 행복했다.

작가의 말

　이 소설은 『하치의 마지막 연인』이라는 소설의 후일담이기도 합니다. 그리고 하와이를 그렸다는 점에서 『환상의 하와이』와 한 쌍입니다.

　빅 아일랜드 하와이 섬은 내게 특별한 장소입니다. 나는 그 장소를 사랑하고, 물론 살고 있지 않으니 어디까지나 짝사랑이지만, 언제 어디에 있든 그리워합니다. 그 장소에 가면 나는 실제로 사랑에 빠진 사람이 됩니다. 바람과 빛도 사랑스럽고, 이 순간이 아깝고, 더 보고 싶고, 아무쪼록 지나가지 않기를 바랍니다. 글로는 아무리 그려도 그 마음에 미치지 못합니다.

　그리고 다마히코는, 내 소녀 시절의 친구이며 넘치는 재능의 소유자 사쿠마 준코 씨가 잠재적인 모델이라고 생각합니다. 쓰면서 몇 번이나 그녀를 떠올렸습니다. 아쉽게도 갓 잘린 나무처럼 갈라진 우리의 우정은 이 소설처럼 다른 요소들을 이겨 내지는 못했습니다. 하지만 그녀가 내게 미친 이렇게나 큰 영향에는 평생을 감사하려고 합니다. 감사합니다.

거의 20년 동안 교류가 계속된 편집자 와타나베 유키히로 씨가 없었다면 이 소설은 쓸 수 없었을 것입니다. 나이가 같은 그와 나는 꾸준히 일을 함께 해 왔습니다. 그는 아무리 친한 사이라도 그 친밀함에 기대지 않고, 그렇다고 서먹하게 굴지도 않으면서 그 출중한 능력의 전부를 아낌없이 쏟아 언제든 나를 따뜻하게 뒷받침해 주었습니다. 우리는 명콤비로서 함께 성장해 온 것 같습니다. 감사합니다!

취재 당시 하와이 섬을 안내해 주었고 이 책의 사진까지 찍어 준, 지금 나의 빛나는 친구 중 한 명인 우시오 지호 씨, 정말 감사합니다. 그녀는 원래는 영상 작가지만, 언젠가는 사진가로 함께 일하고 싶었는데 그 꿈이 이루어졌습니다. 행복했습니다.

그리고 언제나 내가 전하고 싶은 것 이상으로 멋진 디자인을 해 주시는 나카지마 히데키 씨, 감사합니다.

또 항상 나를 든든하게 받쳐 주는 비서 나가이 아즈사

씨, 오구치 사나에 씨, 하와이에서 취재할 당시 많은 도움을 주었던 마에다 다카키 씨, 진심으로 감사합니다.

나와 하와이를 이어 준 사랑하는 쿰 산디 선생님, 감사합니다. 그리고 이름을 하나하나 열거하지는 못하지만 훌라 시스터즈 여러분께도 감사를 전합니다. 하와이를 그린다는 것은 무척이나 어려운 일이었습니다. 여러분의 힘이 아니었다면 도저히 불가능했을 겁니다.

후기란 참 멋없는 것이라고 늘 생각하지만 여러 가지로 부족한 나는 많은 사람들의 힘을 빌리지 않고서는 한 권의 책을 만들 수 없는데, 제대로 인사를 하지 못했기 때문에 이 자리를 빌렸습니다.

읽어 주신 여러분, 이 소설은 내게 소중한 작품입니다.

무언가를 나눌 수 있었다면 정말 기쁘겠습니다. 감사합니다.

요시모토 바나나

옮긴이의 말

  아주 오래전, 한 쌍의 연인이 있었습니다.
  하치와 그의 마지막 연인인 마오.
  운명적으로 만나, 운명적으로 결합한 둘은 또 운명적으로 헤어져야 했지요.
  둘 사이에 남은 말은 '잊지는 않지만, 잊으리라'.
  그리고 마오는 그림을 그리는 사람으로, 하치는 히말라야의 산기슭에서 수행하며 각지를 여행하는 사람으로 따로따로 살아갑니다.

  그 후, 무수한 시간이 흐른 지금.
  다마히코와 그의 첫 연인인 테트라.
  여기 또 다른 연인 한 쌍이 우쿨렐레의 청명하고 애잔

한 선율을 따라 세상의 끝 같은 장소, 사우스포인트에 서 있습니다.

짙푸른 하늘과 광활한 바다가 하나 되는 곳, 유구한 역사의 주름이 고스란히 대지에 새겨진 그곳에서는 삶의 질긴 굴곡마저 인연의 빛나는 고리에 자리를 내어 주나 봅니다.

세월을 건너뛴 두 사랑이 어떤 역사를 빚으며 이곳에서 가족이란 이름으로 하나가 되는지, 그 거대한 그림 속에는 그리움의 눈물도 애처로운 죽음도 어찌할 수 없는 애정과 증오도 이겨 내기 어려운 욕망도 헤아날 수 없는 절망도 아름다운 음악도 신비로운 풍광도 모두 담겨 있습니다.

2013년 새봄을 맞으며
김난주

옮긴이 **김난주**

1987년 쇼와 여자대학에서 일본 근대문학 석사 학위를 취득했고, 이후 오오쓰마 여자대학과 도쿄 대학에서 일본 근대문학을 연구했다. 현재 대표적인 일본 문학 전문 번역가로 활동하며 다수의 일본 문학을 번역했다. 옮긴 책으로 요시모토 바나나의 『키친』, 『하드보일드 하드 럭』, 『하치의 마지막 연인』, 『암리타』, 『티티새』, 『불륜과 남미』, 『몸은 모든 것을 알고 있다』, 『허니문』, 『하얀 강 밤배』, 『슬픈 예감』, 『아르헨티나 할머니』, 『왕국』, 『해피 해피 스마일』, 『무지개』, 『데이지의 인생』, 『그녀에 대하여』, 『안녕 시모키타자와』, 『바나나 키친』, 『막다른 골목의 추억』 등과 『겐지 이야기』, 『모래의 여자』, 『가족 스케치』, 『훔치다 도망치다 타다』 등이 있다.

사우스포인트의 연인

1판 1쇄 펴냄 2013년 4월 1일
1판 5쇄 펴냄 2019년 2월 27일

지은이 요시모토 바나나
옮긴이 김난주
발행인 박근섭, 박상준
펴낸곳 **(주)민음사**

출판등록 1966. 5. 19. 제16-490호
주소   서울특별시 강남구 도산대로1길 62(신사동)
          강남출판문화센터 5층 (우편번호 06027)
대표전화 515-2000 | 팩시밀리 515-2007
홈페이지 www.minumsa.com

한국어 판 ⓒ **(주)민음사**, 2013. Printed in Seoul, Korea
ISBN 978-89-374-8697-5 (03830)

요시모토 바나나의 소설

키친
'가이엔 신인 문학상'과 '이즈미 교카상' 수상작.
전 세계 30여 개국에서 출간되어 바나나 열풍을 일으킨 대표작.

암리타
사람을 살아가게 하는 생명의 물, 암리타.
그것을 찾아가는 신비로운 과정을 그린 감성적인 장편소설.

아르헨티나 할머니
어머니를 잃은 소녀가 아르헨티나 할머니라는
수수께끼의 여인을 만나 엮는 이해와 치유의 이야기.

왕국 (전 3권)
요시모토 바나나 문학의 새로운 경지. 인간의 영혼에 깃든 어둠을
조명하고 현대 문명을 비판하며 동시에 희망을 노래하는 소설.

해피 해피 스마일
평범한 일상도 이렇게 재미있다!
요시모토 바나나의 스마일 에세이 소설.